JACQUES BERGUR

L'ÉTONNANT MODÈLE DE GOEBIUS

Jacques Bergur

L'ÉTONNANT MODÈLE DE GOEBIUS

Anamnèse

À ma famille, à Fred...

Remerciements à :

Richard Feynman, Douglas Hofstadter, Richard Dawkins, Jean-Claude Ameisen, Isaac Asimov, et tant d'autres esprits éclairés qui se sont posé de bonnes questions, ont tenté d'y répondre... et ont su partager leurs trouvailles.

... Et aussi à :
Thomas et Marine, qui se sont assurés, l'une de la cohérence médicale et sentimentale de ce récit, et l'autre de sa consistance logique et scientifique.

... Et toujours à :
Monique, pour sa patience et ses conseils pendant la lente gestation de ce livre.

... Et enfin à :
Michel Saint-Germain qui fut le premier à croire en cette bizarre histoire.

AVIS AU LECTEUR PRESSÉ :

Certains raisonnements logiques présentés dans ce récit nécessitent un peu d'attention et d'efforts. Le lecteur pressé pourra passer outre et admettre leurs conclusions, sans que cela ne nuise à la compréhension de l'histoire. Toutefois, il serait dommage de ne pas s'y attarder, car la récompense est au bout du chemin...

AVANT-PROPOS

En imaginant ce récit, je pensais écrire un thriller à composante scientifique.

Mais, après l'avoir fait lire à quelques scientifiques et littéraires professionnels, il semblerait bien qu'il s'agisse plutôt d'un livre à suspense sur la science ...

Après tout, peu importe :

Cette histoire est une parabole, une balade entre déterminisme et hasard, où, à partir d'une énigme attribuée généralement à Henri Poincaré, planent les ombres bienveillantes de Newton, Gödel, Turing, Moebius, et quelques autres...

Au gré du lecteur, ce périple peut être entrepris et compris, selon trois itinéraires :

-Comme un cheminement dans une intrigue, aux péripéties imprévues et aux rebondissements multiples jusqu'au dénouement final.

-Comme une rencontre inattendue, sans mathématiques et en langage simple, avec quelques concepts qui sont habituellement réservés aux initiés, mais qui sont pourtant essentiels pour tenter de comprendre le monde dans lequel nous sommes immergés. Ainsi isomorphismes, chaos, entropie, et boucles étranges s'invitent-ils discrètement, bien que de manière détermi-nante, dans le paysage et dans l'intrigue.

-Enfin, ceux qui analyseront la structure de l'histoire verront que, à travers plusieurs mises en abîme, celle-ci reflète en elle-même les concepts évoqués.

Si, après l'avoir lu, le lecteur s'est diverti, et éprouve le désir d'approfondir les concepts passionnants effleurés dans cette histoire, alors ce livre aura atteint son modeste objectif.

1 - DÎNER

« Vous prendrez bien un peu de salade... » répétait mon voisin de table. Je fis un signe d'acquiescement.

Que pouvais-je faire d'autre ?

Apparemment, je comprenais ce que l'on me disait...

Il y avait au moins une cinquantaine de convives disposés en cercle dans une immense salle ronde, voûtée, aux pierres apparentes.

Toutes ces personnes mangeaient silencieusement, n'échangeant que quelques paroles de convenances nécessaires au bon déroulement du repas.

Mais à vrai dire, savais-je parler ?

Il me semblait que je n'avais jamais essayé.

Avais-je seulement eu une existence avant le moment où mon voisin m'avait proposé de la salade ?

En tous cas je n'en avais pas souvenance ; pourtant il me semblait que j'avais un nom.

Quelque chose comme Tier-I.

Au centre du cercle était installé un buffet sur lequel étaient disposés les plats qu'un couple de serveurs présentait régulièrement, de sorte que chaque convive puisse se servir, ou faire servir ses voisins. Les deux serveurs étaient jeunes et athlétiques, ils auraient pu être frère et sœur, non pas tant par la ressemblance de leur traits harmonieux et réguliers, que par l'expression de froide indifférence qu'arborait leur visage.

Je me mis à observer à la dérobée mon voisin de droite amateur de salade, puis me tournant de l'autre côté je constatai qu'à ma gauche j'avais une voisine de table. Celle-ci me passa obligeamment de l'eau gazeuse, et, élargissant le cercle de mon exploration visuelle, je constatai alors que l'assemblée était composée d'hommes et de femmes installés, semblait-il, sans ordre spécifique sur le cercle extérieur formé par les tables. Ce qu'il y avait de frappant, c'est que tous ces hommes et femmes avaient un air de ressemblance. Toute l'assemblée était formée d'adultes au physique bien proportionné et au visage peu expressif, et chacun semblait absorbé dans une sorte de méditation. Est-ce ce que je leur ressemblais... ?

Les assiettes ainsi que les verres et les pichets étaient en grès émaillé noir, décoré de quelques motifs géométriques dorés. Les couverts semblaient être en argent dépoli. Tout cela constituait un ensemble harmonieux.

Le repas était excellent, et aurait été plutôt plaisant, si un souffle de convivialité avait animé l'assistance. Après le magret de canard et les fromages, alors que ma voisine me faisait passer une part de gâteau avec la politesse indifférente et glaciale qui semblait tous nous habiter, un phénomène surprenant se produisit.

Cela ne dura qu'une fraction de seconde. Peut-être eus-je l'air surpris, mais cela ne parut pas affecter ma voisine dont je croisai le regard à ce moment-là, et qui détourna la tête. Voyant que son verre était vide, je compris qu'il fallait que je lui propose de l'eau, et à cette occasion, je m'aperçus que je savais parler.

Quand le repas fut fini, une sorte de carillon retentit, et je me levai machinalement. Sans savoir pourquoi, je tournai le dos au centre du cercle et, en même temps que tous les autres, je m'éloignai radialement vers le mur circulaire de la salle. Je me retrouvais face à une porte de bois massif, ainsi que chacun des convives. Un petit carton y était fixé sur lequel on avait écrit à l'encre verte « Entrez. » Apparemment je savais lire aussi...

Tout en franchissant la porte, j'eus le temps d'apercevoir que chacun des autres convives franchissait aussi sa porte. La mienne débouchait sur un petit couloir de quelques mètres de long, lui-même menant à une pièce d'une vingtaine de mètres carrés. Un vaste tapis recouvrait les dalles du sol. Les murs étaient en pierres apparentes identiques à celles de la salle d'où je venais, et un épais rideau semblait masquer une fenêtre. Dans le mur contigu à celui de la fenêtre, se trouvait une lourde porte en bois sculpté de motifs géométriques. Il y avait un lit spacieux pour une personne, un bureau et une armoire en bois massif aux teintes chaudes, deux chaises en bois, ainsi qu'un fauteuil en cuir marron. Un petit cabinet de toilette était attenant à la pièce. Le tout était d'un confort certain. Toutefois, dans le cabinet de toilette, il n'y avait pas de miroir.

C'est alors que je me rendis compte que jusqu'à présent, il n'y avait dans ces lieux aucun objet permettant de refléter une quelconque image.

J'essayai d'ouvrir la porte en bois sculpté, mais celle-ci était fermée à clé.

Je m'approchai du bureau, sur lequel un bloc de papier blanc, plusieurs stylos de couleurs différentes, et des enveloppes étaient disposés. L'une des enveloppes était fermée et de la même encre verte était écrit « Ouvrez. »

Je m'installai dans le fauteuil, décachetai l'enveloppe ; dedans, il y avait un papier ou était imprimé en rouge, le message suivant :

« ***Premier Avertissement*** : Vous avez eu l'air surpris ; ceci est strictement interdit. »

Une impression oppressante m'envahit.

En plus petit, au bas de la page, il y avait écrit ce qui semblait être une citation ou une devise :

« *Ceux qui tiennent la corde, pourront par leurs efforts*
Sans jamais la lâcher, bien maitriser leur sort. »

J'entrepris d'inspecter le contenu de l'armoire. Elle contenait du linge propre, des sous-vêtements, ainsi que des chemises, des pantalons, des vestes et une paire de chaussures. Les habits étaient de couleurs sobres et plutôt austères, tout comme ceux que je portais ainsi que les autres convives de la grande salle.

Puis, j'ouvris le tiroir du haut du bureau, il s'y trouvait un cahier à couverture rouge intitulé :

« *Les règles essentielles de survie.* »

Sur la première page, comme en guise d'introduction, une phrase menaçante était écrite en lettres rouges :

«*Ces règles sont très sérieuses, respectez-les, car le danger est immense.* »

Puis, sur la page suivante, une sorte de comptine était calligraphiée :

Pour ne pas disparaître, la règle qui suit respecteras :
- Sentiment transparaître jamais ne laisseras, et la règle qui suit respecteras :
- Question personnelle jamais ne poseras, et la règle qui suit respecteras :
- Réponse personnelle jamais ne donneras, et la règle qui suit respecteras :
- Apparence des personnes jamais n'évoqueras, et la règle qui suit respecteras :
- Chaque jour, muet resteras, sauf si avant, à toi déjà *l'on s'adressa.*

Les autres pages du cahier ne contenaient rien hormis la même devise en petits caractères au bas de chaque page :
« *Ceux qui tiennent la corde, pourront par leurs efforts*
Sans jamais la lâcher, bien maitriser leur sort. »
Je reposai le cahier sur le bureau et me dirigeai vers les rideaux. Ils masquaient bien une fenêtre, mais on ne pouvait pas l'ouvrir ; et par-delà les carreaux, le brouillard et la nuit formaient une obscurité totale.
Une profonde fatigue m'envahit, et je me déshabillai ; ce faisant, je constatai que je portais un collier au ras du cou, que je ne parvins pas à enlever.
Je m'endormis d'un lourd sommeil sans rêve.

2 - PROJET

Le courriel mentionnait clairement que la présence de Pierre à la réunion était impérative, et que le sujet, bien que non dévoilé, était de première importance. Alors qu'il se perdait en conjectures sur ce qui pouvait bien motiver une pareille convocation, Alix passa la tête dans l'entrebâillement de la porte.

— Tu as deux minutes pour moi ?

— Bien sûr, entre !

Un peu plus âgé que lui, Alix était un homme d'environ trente cinq ans, au regard clair, et au physique dynamique. Pierre appréciait de travailler avec lui car, à ses yeux, il alliait compétence, énergie, et modestie, un mélange de qualités plutôt rare dans leur environnement... du moins en ce qui concernait la dernière.

— Pour une fois je ne viens pas te parler boulot, poursuivit-il. Les beaux jours arrivent, et je voulais savoir si tu as des plans pour le long week-end de l'Ascension qui s'annonce.

— Rien de prévu pour le moment, répondit Pierre, mais j'ai bien l'intention de décrocher et de m'aérer un peu.

— Voilà, j'avais promis à un ami de convoyer son voilier de Bonifacio à Mahon. Maude a un empêchement de dernière minute, et je me demandais si tu ne voudrais pas la remplacer. De plus, ajouta-t-il, je sais que tout comme moi tu aimes la plongée sous-marine, et si on prend un jour de congé supplémentaire, une fois arrivés, on aura peut-être le temps d'en faire une ou deux. J'ai entendu parler d'un magnifique tombant plein de gorgones qui nous plaira sûrement.

Bien qu'il appréciait Alix et connaissait Maude, Pierre n'était pas spécifiquement proche du couple, et il fut un peu surpris, mais agréablement, par l'invitation de son collègue. Il réfléchit un instant. Que ce soit sur son minuscule voilier ou dans la vie, il en avait assez de naviguer en solitaire depuis que... Il n'hésita donc pas longtemps, et répondit :

— Banco ! Et c'est bien la seule circonstance où j'accepte de remplacer ta femme ! ajouta-t-il en riant. Au fait quelle taille le bateau ?

— 35 pieds. Ca ira ?

— Parfait.

— Bon, nous sommes tous les deux sous pression, comme d'habitude ; on se verra tout à l'heure après la réunion. Je suppose que tout comme moi tu ne sais pas de quoi il s'agit.

Alix supposait bien.

Une fois de plus, Pierre allait être en retard et quelles que soient ses raisons, les autres ne manqueraient sûrement pas l'occasion d'ironiser.

Il franchit le couloir au pas de course, et, arrivé devant la porte fermée de la salle de réunion, il tomba sur Plantin, le responsable du service juridique.

Contrairement à lui, Plantin n'était presque jamais en retard. Amusé, et avec un soupçon de joie, qu'il qualifia en lui-même de « préventivement revancharde », Pierre se dit que leur entrée simultanée allait couper toute velléité de perfides réflexions. Tant mieux, le sarcastique Hervé, expert d'autant plus redoutable dans l'art de la vacherie qu'il alliait sens de l'humour et sens politique, n'aurait pas l'occasion d'exercer ses talents à ses dépens.

Quand ils entrèrent, Hervé rigola et lança :

— Seulement cinq minutes de retard. Pour l'un, c'est un progrès pour une fois ! Mais l'autre, probablement sous influence, est sur la mauvaise pente.

— La moyenne est respectée ; tout va pour le mieux, rétorqua Pierre.

Pendant que Plantin s'asseyait calmement, le Boss observait l'échange en silence, un léger sourire aux lèvres. C'était un homme au milieu de la cinquantaine, qui devait s'imposer une certaine discipline personnelle, car malgré un visage fatigué par la vie, il gardait un maintien souple et tonique. Après avoir effectué une revue des projets courants et des perspectives commerciales immédiates, la réunion prit un tour plus grave.

La situation était sérieuse et pouvait se résumer en quatre constatations menaçantes :

- Il y avait deux ans que l'entreprise n'avait pas produit d'innovations majeures.

- Les derniers gros contrats avaient été gagnés par la concurrence ;

- Le portefeuille de projets en cours s'épuisait au fur et à mesure de leur réalisation.

- Les analystes commençaient à s'en rendre compte et le cours des actions fléchissait.

Le Boss conclut :

— Si nous ne redressons pas la barre dans les dix-huit mois, il faudra réduire les coûts de personnel, et si les actions continuent à baisser nous serons bientôt la proie potentielle et appétissante d'une OPA hostile. Il va de soi que si cela se produit, le destin de la société sera hors de notre contrôle, et aucun d'entre nous ne peut savoir ce qu'il deviendra dans une éventuelle réorganisation où nous pèserons bien peu.

« Réduire les frais de personnel, bel euphémisme... » pensa Pierre.

Puis la réunion se termina et le Boss lui demanda de le suivre dans son bureau.

Ses yeux bleus-gris, légèrement plissés, plongèrent dans ceux de Pierre. Lorsqu'il fixait ainsi ses interlocuteurs, il avait l'air d'un chat jaugeant une nouvelle rencontre.

— À votre avis comment pourrions-nous redresser la situation ? demanda-t-il à brûle pourpoint.

« Vaste sujet ... Il n'a pas dû m'attendre pour y penser » se dit Pierre.

— Tout le monde sait que l'innovation ne se décrète pas du jour au lendemain, réfléchit-il néanmoins à voix haute; c'est le résultat d'une longue politique d'investissement, du travail des services Recherches & Développements, et bien sûr de ce soupçon de flair et de chance qui fait qu'une entreprise s'engage dans la bonne direction. Il est vrai que ces deux dernières années, chaque fois que nous nous préparions à sortir quelque chose de vraiment innovant, nous nous sommes fait damer le pion par la concurrence sur la ligne d'arrivée.

— Bien sûr on peut blâmer le manque de chance, répondit le Boss, mais ce n'est pas cela qui nous fera avancer, et d'ailleurs le manque de chance récurrent est-il vraiment le fruit du hasard ?

Comme Pierre acquiesçait, il ajouta :

— Il faut parfois savoir prendre les chemins de traverse, utiliser un mode de pensée latérale, pour arriver à des résultats inattendus et innovants.

« Je ne vais pas tarder à savoir où il veut en venir... » se dit Pierre.

C'est alors que le Boss expliqua à Pierre son projet.

Ou plutôt « Le Projet. »

Un incroyable projet.

Un projet tel, que Pierre n'aurait jamais osé l'imaginer.

Il était sorti totalement abasourdi de sa réunion avec le Boss.

Alors qu'il avait demandé quand tout cela devait démarrer, celui ci avait répondu « Tout de suite », et lorsque Pierre avait aussi demandé qui allait former les équipes et diriger le projet, il avait simplement dit « Vous. »

Il avait même donné un nom de code: « *Projet SUCH.* »

Puis le Boss avait indiqué qu'afin d'éviter toute fuite, involontaire ou malveillante au bénéfice de la concurrence, le projet devait rester secret le plus longtemps possible. Il appartenait donc à Pierre de trouver un « projet de couverture » permettant de faire travailler au mieux les équipes vers le but final, sans que celles-ci ne le connaissent. Il était évident qu'au fur et à mesure de l'avancement des travaux, il deviendrait nécessaire de mettre de plus en plus de personnes au courant de l'objectif réel ; Pierre avait carte blanche pour décider des personnes et du moment où celles-ci devraient être mises dans la confidence.

Alors qu'il s'apprêtait à sortir de son bureau, le Boss avait ajouté :

— Je ne voudrais pas vous mettre de pression, mais ce projet est notre dernière carte, et il repose sur vous.

« Heureusement qu'il ne veut pas me mettre de pression... » songea Pierre.

— Au fait, je sais que vous devez vous absenter pour quelques jours.

— En effet, avait répondu Pierre, j'ai promis à Alix de convoyer avec lui le bateau d'un de ses amis de Bonifacio en Corse, à Mahon aux Baléares ; mais je vais essayer de m'arranger autrement.

— Non, non, ne changez rien à vos plans vous aurez bien besoin de quelques jours de réflexions en mer pour entrer en mode de « pensée latérale ».

Puis il avait ajouté en souriant :

— Tâchez de ne pas vous noyer, nous ne pouvons pas nous permettre de perdre notre meilleur chef de projet et notre chef ingénieur !

Ce soir-là, en repensant à sa journée, un détail laissa Pierre perplexe : entre leur discussion et la réunion, Alix n'avait pas eu le temps matériel de parler au Boss de leur future absence ; donc, il avait annoncé cette absence conjointe, avant même d'en avoir parlé à Pierre. « Modeste, mais confiant dans ses intuitions... » pensa-t-il.

3 - RÉFLEXIONS

Lorsque je me réveillai, mon premier réflexe fut d'aller regarder par la fenêtre. Le jour s'était levé, mais l'épais brouillard permettait juste de discerner une cour et la silhouette de quelques arbres massifs dont seuls les contours étaient perceptibles.

Je me préparai et grâce au rasoir électrique que je trouvai dans le cabinet de toilette je pus constater, malgré l'absence de miroir, que la peau de mon visage était maintenant régulièrement douce sous mes mains. Puis je me dirigeai vers la salle où j'avais dîné la veille.

Il y avait déjà quelques personnes déambulant autour d'un buffet sur lequel était disposé un copieux petit déjeuner. La salle se remplissait graduellement, et les gens semblaient s'asseoir à de petites tables selon leur bon vouloir.

Repérant ma voisine de la veille, je me dirigeai vers elle, décidé à engager la conversation et à obtenir quelques réponses à la multitude de questions qui se bousculaient dans ma tête.

Tout en approchant de la table, me revinrent en mémoire l'avertissement menaçant ainsi que la première et la dernière des curieuses « règles de survie », que j'avais trouvées dans ma chambre :

- *Sentiment transparaître jamais ne laisseras.*

- *Chaque jour, muet resteras, sauf si avant, à toi déjà l'on s'adressa.*

Et ainsi, je me retrouvai assis en face d'elle n'osant pas ouvrir la bouche.

Elle me regarda avec la même indifférence polie que la veille et me salua d'un mouvement de tête.

Un malaise oppressant m'envahit. Il était donc impossible d'avoir une explication sur ce que je vivais ; il n'était même pas possible de parler...

C'est alors que, sans s'arrêter, passant près de notre table mon voisin de la veille regarda la jeune femme et lui murmura bonjour. Elle lui retourna son salut ; Comme si cela avait été un signal pour elle, elle tourna vers moi son beau visage impassible et, regardant les deux croissants et la tasse de café que j'avais apportés, elle m'indiqua d'un ton neutre qu'il y avait à l'autre bout du buffet, des crêpes, des gâteaux ainsi que des jus de fruits. J'eus envie de la remercier chaleureusement, non pas pour les informations qu'elle m'avait données, mais pour avoir rompu ce silence oppressant. Cependant, conformément à la « règle de survie » numéro un, je m'en abstins et murmurai juste un merci de politesse, tout en gardant le visage et le regard le plus indifférent possible.

La salle tout d'abord silencieuse, s'emplissait de brefs murmures entrecoupés de longues périodes de silence. Nous ne faisions pas exception et nous étions chacun plongés dans nos pensées. Bizarrement, les miennes n'étaient plus tout à fait orientées vers les questions existentielles que je me posais, mais elles étaient beaucoup plus prosaïques :

« Elle maintient un visage impassible, ne pose aucune question ; si elle était soumise aux mêmes règles que moi, c'est l'attitude qu'elle devrait avoir. Elle a parlé la première, mais après qu'on lui ait adressé la parole, ainsi la dernière règle semble aussi s'appliquer à elle. »

J'en étais là de mes réflexions, quand en levant les yeux vers elle, j'aperçus le même phénomène étrange que la veille, mais cela dura bien plus longtemps qu'un éclair, et persista plusieurs secondes. « Ne pas avoir l'air surpris » disait l'avertissement; je ne laissai donc rien paraître de mon étonnement.

Je pris congé d'elle, retournai dans ma chambre, saisis quelques feuilles de papier et un crayon, et repassant par la grande salle je me dirigeai vers ce qui semblait être la sortie. Le brouillard s'était dissipé sous un soleil généreux, et une vaste cour carrée ainsi que quelques grands arbres aux feuilles légèrement jaunissantes s'offraient à mon regard. Le long de chaque côté de la cour étaient disposés des bancs régulièrement espacés. La température était agréable quoiqu' un peu fraîche, et je m'assis sur un banc vide pour réfléchir. La cour se remplissait peu à peu d'hommes et de femmes que j'avais vus dans la grande salle, certains marchant, d'autres s'asseyant sur les bancs et tous semblaient plongés dans une profonde méditation.

J'avais la quasi-certitude que celle que j'appelais maintenant « ma voisine » était soumise aux mêmes contraintes que moi. Qu'en était-il des autres ?

A la réflexion, vus de l'extérieur nous devions tous avoir la même attitude, et c'est bien ce qu'il devait se passer si nous étions tous soumis aux mêmes règles. Toutefois, si ma voisine avait parlé c'était parce que quelqu'un lui avait parlé, et dans ce cas, la personne qui s'était adressée à elle, avait elle-même entendu quelqu'un lui adresser la parole.

« Quelqu'un » était donc différent, et avait parlé en premier ce matin. Je résumai mes réflexions en notant : « *Ils sont peut-être tous comme moi (sauf l'un d'entre eux au moins).* »

Je me mis à déambuler dans la cour, et alors que je contemplais les autres promeneurs, à ma stupéfaction, j'observai sur certains d'entre eux, à plusieurs reprises et pendant plusieurs secondes, le même phénomène étrange que celui que j'avais déjà observé par deux fois sur ma voisine. Et toujours me revenait en mémoire ce lancinant avertissement « *Ne pas avoir l'air surpris.* »

J'étais profondément étonné non seulement par la situation, mais aussi par moi-même. En effet, mes pensées étaient principalement occupées à déchiffrer l'endroit où je me trouvais, et à étudier les comportements des membres de la petite communauté que nous formions. Mais paradoxalement, il fallait que je me concentre pour réfléchir aux questions plus profondes qui normalement auraient dû me préoccuper. Pourquoi me souciais-je de ce phénomène que je qualifiais en moi-même d'étrange, moi qui n'avais même pas de souvenirs antérieurs au dîner de la veille ?

Le déjeuner et le dîner suivants se passèrent dans la même ambiance de froide indifférence polie que les précédents repas.

De retour dans ma chambre, je trouvai sur mon bureau un petit mot à l'encre verte disant : « *Il est fort heureux pour vous que vous ayez tenu compte de l'avertissement et que vous ayez appliqué les règles de survie.* »

Je sombrais à nouveau dans un sommeil de plomb.

4 - CONVICTIONS

En temps normal, Pierre était animé d'une curiosité sans limite. Il concevait sa vie comme une montagne à gravir et à explorer, son libre arbitre s'exerçant sur le choix du plus bel itinéraire et la manière la plus élégante d'y parvenir. Cela lui donnait un caractère ouvert, habitué à l'effort, mais accessible au sentiment de danger et à la notion de risque calculé. Ainsi, il se rendait compte de l'aspect extraordinaire du projet dont on lui confiait la conduite, et cela enflammait sa curiosité ; mais d'autre part il était conscient de l'ampleur de la responsabilité, laquelle s'étendait bien au-delà de lui-même, de sa société, et de ses collègues de travail ...

Perplexe, il ne savait trop comment s'y prendre. La nuit précédente, pendant son quart, il avait tourné et retourné le problème dans sa tête. Au retour, il lui faudrait définir les tâches, constituer les équipes, répartir les objectifs, mais aucun des membres du projet ne devrait avoir tous les éléments nécessaires pour en découvrir la finalité.

Cela lui était apparu tout d'abord impossible. En effet comment pouvait-on envisager de faire travailler ensemble vers un objectif plusieurs équipes ignorant le but final ?

Il lui devenait évident qu'il ne devrait pas y avoir un, mais plusieurs « projets de couverture » et, chacun de ces projets devrait être un élément de l'objectif final.

Le temps était gris et le voilier tanguait sous une longue houle venue de nulle part. Il n'y avait plus assez de vent pour activer le régulateur d'allure, et une fois de plus le pilote automatique était en panne. Alix dormait dans la cabine avant. Les voiles, ne sachant sur quel courant d'air s'appuyer pour reprendre vie, s'agitaient en tous sens, ballottées d'un bord à l'autre du bateau. La terre avait disparu derrière l'horizon, à deux jours de navigation.

Pierre prit la barre, et laissa errer son regard sur l'horizon circulaire qui l'entourait. « Si je m'étais moins investi dans le travail et dans ma passion pour la mer, peut-être serait-elle restée... »

Puis il leva les yeux sur la voûte grise qui lui servait de toit. « Nous sommes vraiment dans une bulle » pensa-t-il, « une bulle d'espace, une bulle météorologique, une bulle de temps dans les deux sens du terme. »

Interrompant sa rêverie nostalgique, il jeta un coup d'œil sur le compas dont la rose oscillait doucement derrière la barre à roue. Il avait dévié de sa route et au lieu de maintenir le cap vers l'ouest comme il le souhaitait, le compas lui indiquait qu'il se dirigeait vers le nord-est. C'est bizarre, pensa-t-il, je tiens la barre fermement et je suis sûr que je n'ai pas dévié de ma route.

Il borda le foc et la grand-voile pour les immobiliser et mit le moteur en route. Il pensait qu'avec un peu de vitesse il suivrait une route plus stable. Puis il repartit dans sa rêverie, bercé par la houle et le ronronnement du moteur.

Quelques instants plus tard, un regard au compas lui révéla qu'il faisait cap au sud. Pierre sortit à nouveau de sa méditation et décida d'employer la méthode expérimentale. Il se concentra sur la barre et se força à ne pas regarder le compas pendant quelques minutes. Il avait l'intime conviction de ne pas dévier de sa route car il tenait fermement la barre et mobilisait tous ses sens pour garder le cap. Au bout d'un moment il regarda le compas. Celui-ci lui indiquait qu'il suivait à l'instant une route plein nord. Cela ne venait pas du bateau, mais bien de ses propres sensations. Quoique convaincu d'aller droit, il suivait, en l'absence des indications de l'instrument, une route des plus fantaisistes.

Le compas, pensa-t-il, est un peu comme une corde qui nous guide vers le but, dans l'obscurité... À condition de ne pas la lâcher...

Il indique une direction fixe, indépendante du cerveau. Il n'indique pas « la bonne direction », car une direction n'est ni bonne ni mauvaise en soi. Mais le compas permet à l'homme de choisir sa direction, bonne ou mauvaise, par rapport à quelque chose d'extérieur.

Bon, se dit-il, je suis parti de Corse je veux aller aux Baléares, et si je suis mon intime conviction, non seulement je risque de rater mon but, mais aussi de tourner en rond. Cela ressemble à la vie... peut-être même au destin de l'humanité... La conviction intime, interne, sans référence à l'extérieur de soi-même ne suffit pas à garder le cap car elle est trompeuse.

Ce n'était pas la première fois qu'il se confrontait à cet apparent paradoxe du conflit entre intime conviction et réalité.

Pierre conclut en lui-même :

« Il ne faut jamais se fier à ses seules intimes convictions, car elles sont souvent trompeuses », puis il ajouta immédiatement, « et cela c'est une intime conviction », ce qui le laissa perplexe. Mais au bout d'un moment, il entrevit une sortie à sa boucle « Gödelienne » : ce n'était pas une intime conviction, c'était un fait d'expérience !

Le vent qui commençait doucement à gonfler les voiles sortit Pierre de ses réflexions, et puisque le bateau avait maintenant le vent pour référence Pierre enclencha le régulateur d'allure. Le bateau reprit vie et se remit en route vers la calanque de Mahon.

5 - INDUCTION

Au matin suivant, lorsque tout le monde se trouva réuni dans la grande salle, le doute n'était plus possible. Le phénomène étrange que j'avais constaté de manière éphémère à plusieurs reprises, n'était pas une hallucination ; quelques personnes, dont ma voisine de table, en étaient l'objet. Le sommet de leur tête, était orné, maintenant en permanence, d'une sorte de halo jaune d'une dizaine de centimètres de diamètre. Malgré la couleur solaire des halos, ceux-ci ne semblaient projeter aucun rayonnement, aucune chaleur, ni aucune ombre. En fait on aurait dit que c'était la couleur de l'air lui-même qui était différente à cet endroit et qui produisait l'impression de halo. Je pus constater que quatre personnes étaient concernées par ce phénomène, toutefois rien dans leur comportement n'indiquait qu'elles en étaient conscientes.

Je connaissais maintenant par cœur la comptine menaçante :

Pour ne pas disparaître, la règle qui suit respecteras :
- Sentiment transparaître jamais ne laisseras, et la règle qui suit respecteras :
- Question personnelle jamais ne poseras, et la règle qui suit respecteras :
- Réponse personnelle jamais ne donneras, et la règle qui suit respecteras :
- Apparence des personnes jamais n'évoqueras, et la règle qui suit respecteras :
- Chaque jour, muet resteras, sauf si avant, à toi déjà l'on s'adressa.

Cette fois ci, nul ne m'ayant adressé la parole, je restai silencieux. En fait personne n'avait du amorcer la réaction de dominos par laquelle les gens paraissaient s'autoriser à parler. Il régnait dans la salle un silence pesant, et seuls les bruits de vaisselle du petit déjeuner étaient audibles.

Soudain une voix grave emplit la salle, tout à la fois calme et impressionnante : « *Ceux qui ne peuvent voir leur propre auréole, devront quitter les lieux avant demain soir, sous peine de disparaître.* »

Conformément à la comptine menaçante, personne ne sembla réagir à cette annonce. Puis le carillon retentit et tout le monde quitta la salle.

De retour dans ma chambre, je repris mon carnet, et je notais : « *sans miroir, sans personne à qui pouvoir parler, comment vont-ils faire pour savoir qu'ils doivent quitter les lieux ?* » C'est alors que je revis la phrase que j'avais inscrite la veille : « *Ils sont peut-être tous comme moi (sauf l'un d'entre eux au moins).* »

Tous comme moi... Lesquels sont comme moi ? Ceux qui ont le halo ? Ou bien les autres ?

Et ainsi, j'en arrivai à une conclusion inquiétante qui ne m'était pas apparue de prime abord. J'étais peut-être aussi moi-même concerné par cette mise en demeure de partir sous peine de disparaître. Rien ne me permettait de savoir si j'avais un halo ou si je n'en avais pas. Je me sentis aussitôt à nouveau envahi par un fort sentiment d'oppression.

Au déjeuner, tout le monde était encore là et j'eus tout le loisir de constater que rien ne distinguait dans leur comportement les quatre convives éclairés des autres. A la fin du repas, une voix retentit à nouveau toujours aussi calme et menaçante, mais ce n'était pas la même voix, et cette fois-ci elle fut brève :

« *Il en reste encore qui doivent partir.* »

Il semblait que depuis le première annonce la cour n'était plus guère fréquentée, et que chacun préférait se retirer dans sa chambre.

Alors que je me posais pour la centième fois la question de savoir ce qu'il fallait que je fasse, je décidai de relire l'avertissement et les règles de survie consignées dans le cahier. Juste derrière la couverture je trouvai une enveloppe, et toujours le même mot écrit en vert : « *Ouvrez.* »

Dans l'enveloppe, une feuille de papier indiquait :

« *Tous les hôtes de ce lieu raisonnent de la même manière.* »

Puis plus bas *:* « *Il y aura autant d'annonces que nécessaire* »

Au diner, je constatai que tout le monde était là, et qu'aucun comportement n'avait changé. Mon sentiment d'oppression fit place à un sentiment d'angoisse, lorsqu'à la fin du repas, avant le carillon, une voix retentit pour la troisième fois et répéta le message de manière plus brève encore, se contentant d'énoncer :

« *Il en reste encore...* »

Malgré mon inquiétude, comme les autres soirs, je m'endormis immédiatement.

Le lendemain, au petit déjeuner, la même scène se répéta, avec le même avertissement à la fin du repas.

« *Il en reste encore...* »

Au déjeuner, tous les convives étaient là, rien n'avait changé, et le message angoissant fut diffusé :

« *Il en reste encore...* »

L'ultimatum allait expirer et les personnes concernées devaient avoir quitté les lieux avant le soir. Malgré mon inquiétude, marchant de long en large dans ma chambre, j'essayais de toutes mes forces de savoir ce que je devais faire. Je lisais et relisais l'avertissement du début, la comptine des règles de survie, je me remémorais le petit déjeuner où il avait été dit que certains d'entre nous devaient quitter les lieux sous peine de disparaître, les repas où cela nous avait été rappelé, ainsi que le dernier message que j'avais trouvé et qui disait que nous raisonnons tous de la même manière.

Et en début d'après-midi, j'avais trouvé... Ce n'était pas

une intuition... ni une conviction.... C'était au-delà du doute...
Une certitude... Je *savais* que je faisais partie de ceux qui devaient
partir.

Au-delà du soulagement que m'apporta cette découverte, se
posait la question de savoir comment partir. La grande salle ne
donnait que sur la cour ou sur ma chambre et je n'avais pas vu
d'issue dans la cour. À tout hasard, je me dirigeais vers la porte en
bois sculpté de ma chambre, que je n'avais pu ouvrir.

A ma grande surprise, j'entendis clairement un léger cliquetis,
que mon approche semblait avoir déclenché. Et quand j'appuyai
sur la poignée, la porte s'ouvrit, débouchant sur un escalier
montant vers des lieux incertains.

6 - INTUITION

Ils étaient arrivés à Mahon, et ils devaient repartir en avion le surlendemain. Comme il y avait une journée de battement, ils décidèrent de plonger sur le tombant dont Alix avait parlé.

Celui-ci avait écouté avec intérêt, les réflexions philosophico-nautiques de Pierre, concernant les convictions en l'absence de références extérieures ; il s'était contenté d'opiner de la tête et n'avait pas poursuivi la discussion.

Mais pendant qu'il installait son détendeur sur la bouteille d'air et qu'il en vérifiait la pression, il lui proposa un petit jeu. « C'est une plongée *dans le bleu*, la partie du tombant rocheux que nous voulons atteindre est à 35 m de profondeur. On descend à la verticale, face à la côte, et on doit se retrouver orienté face au tombant, et on n'a pas le droit de regarder sa boussole... » En fait, c'était une plongée dans le gris plutôt que dans le bleu, car il n'y avait pas de soleil, mais l'eau était assez claire. Juste avant la mise à l'eau, Alix avait ajouté « Il faudra faire attention, il paraît qu'il y a une zone de vase à éviter au bout du tombant. »

Pierre s'était enfoncé en premier, tête en bas, tout en s'efforçant de ne pas modifier son orientation par rapport à la côte c'est-à-dire face au futur tombant. En arrivant à 30 m il l'aperçut qui se dessinait quelques mètres sous lui à l'opposé de la direction qu'il escomptait. Il avait tourné de cent quatre-vingts degrés. Alors qu'il se redressait pour prendre appui sur le tombant il leva la tête pour apercevoir Alix faisant lui aussi une correction de cap pour atterrir sur le tombant. Malheureusement, peut-être à cause d'un léger courant, ils avaient été déportés vers la zone vaseuse et lorsqu'ils se mirent à palmer pour se redresser tous deux furent entourés d'un épais brouillard de vase dans la lumière déjà réduite à cette profondeur. Il n'y avait plus moyen de distinguer les alentours. Ne voyant plus Alix, Pierre palma pour s'éloigner du nuage mais cela ne fit que soulever plus de vase. En état d'apesanteur totale non seulement il avait perdu son orientation mais il était incapable de dire s'il palmait vers le haut ou vers le bas. Bien qu'encore enveloppé dans le nuage de vase, il s'était légèrement éloigné du tombant, et l'eau s'éclaircit un petit peu. Il pouvait maintenant discerner les bulles formées par l'air qu'il expirait et ainsi retrouva la salvatrice orientation lui évitant de remonter trop vite ou, au contraire, de terminer sa vie narcosé, par 65m de fond, au pied du tombant. Quand il put à nouveau distinguer son profondimètre, celui-ci dépassait les 40 m de profondeur. Alix avait effectué la même manœuvre. Ils remontèrent graduellement, se retrouvèrent à 30 mètres, et achevèrent leur plongée en allant visiter la partie rocheuse du sommet du tombant afin d'éviter le dangereux brouillard de vase.

Alors que Pierre approchait la tête d'un rocher, une partie de celui-ci prit une couleur gris clair, de gros yeux apparurent et le contemplèrent à travers son masque. Il approcha doucement la main, mais la pieuvre s'éloigna, marquant sa réprobation d'un nuage d'encre noire.

Pendant qu'il faisait ses paliers de décompression, il se remémora l'ensemble de la plongée, ainsi que sa rencontre avec ce mystérieux animal qui sait si bien simuler sur sa peau le décor dans lequel il évolue, qu'il peut se fondre complètement dans son environnement. Avec un cerveau, ou peut-être devrait-on dire des cerveaux, distribué dans la tête et dans les tentacules, ces êtres font preuve, selon les scientifiques, d'une intelligence remarquable et se laissent parfois apprivoiser. Mais, si intelligents soient-ils, pensait Pierre, le monde émergé, celui des forêts, de la montagne, des campagnes et des villes leur restera à jamais insoupçonnable.

— Il est trompeur de ne se fier qu'à une intime conviction, et cela peut être fatal, dit Pierre, à Alix pendant qu'ils rinçaient leur matériel.
  Puis il ajouta :
— Il y a quelques années, par curiosité, j'ai passé un test auquel on soumet parfois les plongeurs. On m'a mis dans une grande

pièce sombre et bandé les yeux, avant de mettre un obturateur sur chacune de mes oreilles pour éviter tout repère. J'ai du effectuer dix pas vers l'avant puis dix pas vers l'arrière, tout en m'efforçant de marcher en ligne droite, et on m'a demandé de répéter cette opération trois ou quatre fois.

— Et alors ?

— Eh bien quand on a enlevé le bandeau, j'avais tourné de quatre-vingt-dix degrés, alors que j'étais convaincu de ne pas avoir dévié...

— C'est vrai, rétorqua Alix, « Les convictions sont des ennemies de la vérité plus dangereuses que les mensonges... »

Pierre, un peu surpris, regarda Alix et dit :

— C'est une belle façon d'exprimer la chose.

— Il parait que la phrase est de Nietzsche, et elle me convient, confessa Alix en souriant. Il semble qu'il avait clairement identifié le danger. Je pense, moi aussi, que les convictions peuvent être dangereuses, voire fatales. Par contre les intuitions sont leurs cousines et me semblent indispensables, ce sont des éclaircies fugaces dans le brouillard ; tout en restant ouvertes, et sans prétendre détenir la vérité, elles nous suggèrent des pistes.

7 - RÉCURRENCE

Juste derrière la porte, au bas de l'escalier, il y avait un interrupteur. Je l'actionnai, et l'escalier s'emplit d'une faible lueur. Je montais la première marche, et, ne voyant pas où cela menait, j'hésitais un instant. « Après tout » me dis-je « quand on est sur une marche, on peut toujours franchir la suivante... » . Arrivé au sommet de l'escalier, celui-ci se prolongeait par un corridor, et alors que je progressais, débouchant par un couloir latéral, je vis arriver celle que, depuis le premier soir où je l'avais aperçue, j'appelais dans ma tête « ma voisine de gauche ». Nous progressâmes sans un mot et le corridor déboucha sur une grande pièce hexagonale au centre de laquelle était située une table circulaire recouverte d'une lourde nappe blanche qui descendait jusqu'au sol, et autour de laquelle étaient disposées cinq chaises. Trois de ces chaises étaient déjà occupées, et les deux dernières semblaient nous attendre. Nous prîmes place autour de la table. Au centre de celle-ci il y avait une corbeille remplie de fruits appétissants ainsi que, disposée verticalement, un peu à la manière dont sont disposées les cartes de certains restaurants, une petite ardoise sur laquelle on pouvait lire, inscrit sur chacune des faces, ce message étrange : « *Vous avez tenu la corde, la maîtrise de votre sort commence par votre liberté de parole.* »

Nous nous regardâmes sans rien dire pendant quelques instants, et je me rendis compte que les quatre personnes que je pouvais voir autour de la table, deux femmes et deux hommes, étaient celles qui avaient été l'objet de l'étrange phénomène de halo au dessus de leur tête. Mais les halos avaient disparu...

Puis « ma voisine de gauche » releva la tête, et d'une voix

hésitante quoiqu'à l'intonation gaie, elle articula : « Eh bien, je crois que nous ne sommes plus soumis aux règles de survie, et que nous pouvons parler comme bon nous semble. »

Nous acquiesçâmes et je pris la parole :

— Je n'ai aucun souvenir antérieur au moment où, il y a trois soirs, je me suis retrouvé au dîner dans la grande salle. Si j'ai un nom, je pense que ce doit être « Tier-I ».

L'un des hommes prit la parole :

— Je n'ai moi non plus aucun souvenir antérieur à ce dîner, il me semble que mon nom est « Mich-L ».

Ma « voisine de gauche » déclara qu'elle croyait s'appeler Jessi-K, puis vinrent le tour de Loui-J et Kar-N. Aucun d'entre nous n'avait de souvenir antérieur au dîner.

— Pourquoi nous trouvons-nous dans cette pièce ? demanda Kar-N.

— Pourquoi ?... Je ne sais pas... répondit Loui-J. Mais, grâce à un raisonnement à... tiroirs, ou plutôt un raisonnement en forme de poupées russes, je peux expliquer comment... Toutes les poupées sont semblables et s'emboîtent les unes dans les autres. Une fois qu'on a la première poupée, il suffit d'avoir la patience de passer à chaque fois à la poupée suivante, tout en gardant scrupuleusement la même structure, et on arrive à la poupée finale... celle qui englobe toutes les autres...

— Ainsi, continua-t-il, j'ai su, que j'avais un halo derrière la tête à la cinquième annonce. Cette annonce disait « il en reste encore. » Et, j'ai raisonné de la manière suivante :

- Si il n'y avait eu qu'une seule personne ayant un halo et que ce ne soit pas moi, alors j'aurais vu dans l'assemblée un halo.

Mais si la seule personne porteuse d'un halo était moi-même, je n'aurais pas vu de halo dans la salle, et comme la première annonce disait que les personnes portant un halo devaient partir, n'en voyant aucun, j'aurais su que je devais partir. Or, j'avais trouvé dans la chambre une enveloppe dans laquelle était écrit « *Tous les hôtes de ce lieu de raisonnent de la même manière.* » Donc, s'il n'y avait eu qu'un seul halo, quelle que soit la personne le portant, il aurait raisonné comme moi et serait parti après la première annonce.

- Si il n'y avait eu que deux personnes ayant un halo et que je ne sois pas l'une d'entre elles, alors j'aurais vu deux halos dans l'assemblée. Mais si j'avais été l'une de ces deux personnes je n'aurais vu qu'un seul halo. Mais, ainsi que je viens de le montrer, si le halo que je voyais avait été seul il serait parti après la première annonce. Donc dans le cas où j'aurais été un des deux seuls halos de l'assemblée, je n'en aurais vu qu'un et je serais parti après la deuxième annonce. Et l'autre personne portant un halo aurait fait de même puisqu'elle raisonne comme moi.

Kar-N continua alors le raisonnement :
- Si il n'y avait eu que trois halos, et que je n'en porte pas, alors j'aurais vu trois halos. Mais si moi-même j'en portais un, alors je n'aurais vu que deux personnes portant un halo. Mais, comme l'a montré Loui-J, si les deux personnes que je voyais avaient été les seules à avoir un halo, alors elles seraient parties après la deuxième annonce. Si ce n'était pas le cas, cela aurait voulu dire que j'avais moi-même un halo et dans ce cas, je serais parti après la troisième annonce.

Mich-L intervint :
— En résumé, du fait que tout le monde raisonne de la même manière, on a montré que dans le cas d'un seul halo, quelle que soit la personne, elle serait partie après la première annonce. Dans le cas de deux halos, quelles que soient les personnes, elles seraient parties après la deuxième annonce. Dans le cas de trois halos, quelles que soient les personnes, elles seraient parties après la troisième annonce, et on peut continuer ainsi... :
- Si personne n'est parti après la troisième annonce, et que je vois seulement trois halos, je peux en déduire que je suis moi-même porteur d'un halo, car si ce n'était pas le cas les trois autres halos seraient déjà partis. Ainsi dans ce cas je partirais à la quatrième annonce.
Et enfin, pour chacun d'entre nous cinq, à la cinquième annonce nous avons constaté que nous pouvions voir quatre halos, chacun d'entre nous en a donc conclu qu'il était porteur

d'un halo. Les autres, ceux qui ne portaient pas de halo, en ont vu cinq dans l'assemblée et ont attendu l'annonce suivante qui n'est jamais venue puisqu'ils n'en portaient par eux-mêmes et que nous sommes partis.

Après un moment de silence, Jessi-K déclara :

— J'ai fait un raisonnement*** semblable, mais sur un plan global, et en employant un tout autre langage, et cela permet aussi d'aboutir à la conclusion...

***_Le raisonnement de Jessi-K_ :

- _Supposons, dit-elle, que pour un nombre K de personnes portant un halo, la loi suivante s'applique. « Si il y a un nombre K de halos, alors ils partiront après la K-ième annonce. » Pour le moment je ne sais pas si cette loi est vraie, mais je veux démontrer que si elle était vraie dans le cas où il y a K halos, alors elle serait aussi vraie dans le cas où il y a un halo de plus, soit K+1 halos._

En fait c'est assez rapide :

- _Si je vois K halos et qu'il y en a K, alors en supposant la loi vraie pour K, ils auraient du partir après la K-ième annonce. Mais si ils ne sont pas partis après la K-ième annonce, et que j'en vois K, j'en déduis que dans ce cas je suis moi-même porteuse d'un halo et nous, les porteurs de halo, nous partons tous après la K+1-ème annonce puisque nous raisonnons tous de la même manière._

A ce stade, j'ai démontré que si la loi était vraie pour K halos, alors elle serait aussi vraie pour K+1 halos, mais je ne sais pas si elle est valable pour K halos. Toutefois, comme Loui-J l'a montré, je sais qu'elle est vraie pour 1 halo tout seul, qui n'en voyant pas d'autre, partirai évidemment après la première annonce.

- _Mais si elle est vraie pour 1 halo, alors comme je viens de le montrer, elle est aussi vraie pour 1+1 halos soit deux halos. Mais alors si elle est vraie pour deux halos elle est aussi vraie pour 2+1 halos et ainsi de suite. Donc parce que j'ai démontré que si ma loi était vraie pour K alors elle serait aussi vraie pour K+1, et parce que ma loi est vraie pour K égal 1 alors elle est effectivement vraie quel que soit le nombre K. En particulier pour K égal cinq ce qui_ *était notre cas.*

Ainsi, quand après la cinquième annonce, j'ai vu quatre halos dans la grande salle, j'ai su que j'étais porteuse d'un halo.

Un silence suivit la démonstration de Jessi-K, puis Kar-N déclara :

— Tout cela est très intéressant, quel que soit le langage utilisé, notre raison nous a permis de nous libérer d'un certain nombre de contraintes, mais nous ne savons toujours pas ce que nous faisons ici, ni comment en sortir.

— Et puis quelle était la signification de ce halo ? murmura Jessi-K.

8 - ENTOMOLOGISTES

Pierre était retourné au bureau content, car il avait pleinement profité de son périple avec Alix. Mais, contrairement à ce qu'il avait espéré, ses moments de réflexions solitaires sur le voilier ne lui avaient pas fourni d'idées précises sur la manière d'aborder sa mission. Au fil des heures, les bienfaits de la croisière s'estompaient rapidement et, tel un écrivain devant sa page obstinément blanche, il commençait à ressentir une certaine oppression et à douter d'être à la hauteur de sa tâche.

Appuyé sur le dossier de son fauteuil, tout en essayant de lutter contre les sombres pensées qui l'envahissaient, il parcourait sur son écran la liste des courriels qu'il avait reçus en son absence. Le titre de l'un d'entre eux attira son attention. Tout d'abord il crut que c'était un spam qui avait échappé au logiciel de filtrage protégeant sa compagnie de ce genre de nuisances. Son nom était bien mentionné en tant que seul destinataire, mais le nom de l'auteur n'apparaissait pas. L'intitulé de l'objet était le suivant :

« *Pensées latérales... Pensées parallèles... et Surréalisme... ouvrent souvent la Voie !* »

D'habitude il ne perdait pas de temps à ouvrir de tels messages et il les effaçait, sans les lire. Mais, pour une raison qu'il ne comprit qu'à posteriori, il cliqua. Le texte était libellé ainsi :

« *Objet : Pensées latérales... Pensées parallèles... et Surréalisme... ouvrent souvent la Voie !*

En regardant bien, il doit sûrement être possible d'observer une fourmi sortant de L'École Polytechnique ; mais on n'en verra jamais aucune sortir avec le diplôme de cette Ecole...

Pourtant, l'avenir des fourmis, paraît bien mieux assuré que l'avenir des hommes...

Où est la faille ?

AG »

Pierre se demandait ce qui l'avait poussé à ouvrir ce courriel absurde.

À la réflexion, c'était l'expression « Pensées latérales » mentionnée dans l'objet du message. Quelqu'un l'avait récemment utilisée lors d'une conversation... Ce n'était pas Alix durant la croisière...

Au bout d'un moment, il se souvint : le Boss avait employé cette tournure, durant la présentation du projet ; il avait alors parlé de « chemins de traverse » et de « pensée latérale ». Puis, il lui avait dit de ne pas annuler sa croisière, car celle-ci pourrait s'avérer utile « pour entrer en mode de pensée latérale. »

Se pouvait-il que le Boss lui ait envoyé ce message par facétie ?

Cela ne cadrait pas du tout avec son tempérament, et de plus les initiales de la signature ne correspondaient pas... Du moins elles ne correspondaient pas à celles du Boss... Perplexe, Pierre décida d'examiner cette perche que le hasard semblait lui tendre. Il ferma son bureau à clé de l'intérieur, éteignit son ordinateur, et décrocha son téléphone. Puis, bien calé dans son fauteuil incliné au maximum, il se laissa envahir par les pensées rationnelles ou saugrenues que ce message faisait naître en lui.

Au bout d'environ une heure, il demanda par téléphone à Thérèse s'il pouvait venir la voir dans son bureau.

—Hymeno quoi ?

Thérèse considérait Pierre d'un œil à la fois amical et interrogateur.

C'était la directrice des ressources humaines, une femme d'environ trente-cinq ans, les cheveux bruns mi-longs, et dont le visage et la silhouette agréable donnaient l'impression d'une amicale énergie.

— Hyménoptères... reprit Pierre amusé. Les abeilles, les fourmis, les guêpes... Ces insectes qui vivent en colonies organisées...

Thérèse était de plus en plus ahurie. Elle fronça le front, eut un léger mouvement de dénégation de la tête, et fit semblant d'être inquiète :

— Tu as du trop faire la fête hier soir, et tu devrais te reposer... A moins que je n'ai rien compris à toutes ces réunions de comité de direction auxquelles j'ai du participer depuis tant d'années, à ma connaissance nous ne fabriquons pas de miel, nous n'avons rien à voir avec la désinsectisation, et pour autant que je sache aucune diversification entomologique n'est censée stimuler notre chiffre d'affaires. De toute façon, je ne vois pas comment je pourrais trouver parmi nos collègues quelqu'un qui s'y connaisse en hyméno...ptères.

— Je n'ai pas fait la fête hier, et je suis en parfaite santé... reprit Pierre en riant. Mais il arrive parfois que la chance nous sourie, et tu disposes de la biographie résumée de tous les employés de notre belle compagnie. Donc s'il te plaît, fais une recherche sur tous les CV de la maison, car je préférerais quelqu'un qui connaisse déjà notre entreprise.

Le téléphone de Thérèse sonna fort à propos, ce qui permit à Pierre de s'esquiver sur un geste de la main sans avoir à en dire plus.

9 - MULTI-CHEMINS

Je scrutais du regard l'ensemble de la pièce. A part la porte par laquelle Jessi-K et moi étions entrés, et l'autre porte par laquelle Loui-J, Kar-N et Mich-L étaient arrivés, il ne semblait pas y avoir d'issue. La pièce ne comportait pas de fenêtres, elle baignait dans une lumière tamisée, diffusée par des appliques situées au centre de chacun des six murs.

Mich-L termina d'éplucher un kiwi dont il ne fit qu'une bouchée. Visiblement séduit par la saveur du fruit, il entreprit d'en éplucher un autre, tout en déclarant :

— Je ne sais pas, s'il y a des règles du jeu à tout cela, mais je suppose que nous ne sommes pas destinés à rester éternellement dans cette pièce, et il doit donc y avoir un moyen d'en sortir.

Nous étions tous d'accord sur ce point.

— Je ne vois guère que les portes par lesquels nous sommes entrés dit Loui-J tout en se dirigeant vers celle qui était la plus proche de lui.

Celle-ci s'était refermée après notre passage, et il ne semblait exister aucun moyen de l'ouvrir depuis l'intérieur de la pièce. Loui-J constata aussi qu'il en était de même pour la deuxième porte.

—Après tout conclut-il ça ne me paraît pas illogique, le fait de revenir en arrière ou bien de rester où nous sommes, ne cadrerait pas avec ce qui vient de se passer, ni avec cette demande impérieuse qui nous a été faite, de quitter les lieux.

— Peut-être... dit Kar-N, il n'en reste pas moins qu'il ne semble pas y avoir d'issue.

Mich-L et Loui-J, pris en même temps par une même

idée, s'étaient chacun mis à inspecter un mur de la pièce. Ils le balayaient du regard de haut en bas, et touchaient les parties du mur accessibles à leurs mains.

Soudain, Loui-J recula, puis il se rapprocha du mur et se pencha à droite, puis à gauche, recula à nouveau et recommença. Pendant ce temps-là, Mich-L avait du faire la même constatation sur le mur adjacent. Ils inspectèrent les autres murs mais ne découvrirent pas d'autre particularité. Chacun retourna vers sa découverte, et ils se livrèrent à une sorte de ballet incongru. Positionnés en face de quelque chose que nous ne pouvions pas percevoir, ils esquissaient un pas à droite puis symétriquement un pas à gauche, finissaient par se recentrer face à leur découverte, reculaient d'un pas et recommençaient le manège. Ce faisant, chacun des deux progressait graduellement à reculons vers le centre de la pièce. Arrivés à mi-parcours, ils se retournèrent, et avant qu'ils n'aient pu prononcer un mot, Jessi-K leur dit : « je suis d'accord avec vous, la sortie se trouve sous la table. »

Nous entreprîmes tous de déplacer la lourde table, et effectivement une trappe en bois apparu. Avant de l'ouvrir, Kar-N demanda « Comment avez-vous su ? »

— Eh bien voilà, répondit Mich-L , sur le mur que j'inspectais, il y avait une fine bande de couleurs légèrement différentes... Ou plus exactement cette bande réfléchissait la lumière de manière un peu différente. Quand on était sur le côté on ne s'en apercevait pas, mais quand on restait bien en face elle était nettement perceptible et elle restait perceptible même si on s'éloignait du mur pourvu que l'on reste exactement en face ; en regardant si elle était toujours visible lorsqu'on s'éloignait du mur, je décrivais une droite perpendiculaire au milieu du mur, qui semblait pointer vers le centre de la pièce, et quand j'ai vu qu'il en était de même pour Loui-J, et que les deux droites semblaient se couper vers la table, nous avons eu l'intuition que c'était là qu'il fallait chercher.

C'est alors que je demandais à Jessi-K comment elle avait compris ce que Loui-J et Mich-L étaient en train de faire, lui permettant de deviner leur conclusion.

— Je n'avais pas deviné leur conclusion et je n'avais pas compris ce que Mich-L et Loui-J faisaient, dit-elle, du moins jusqu'à ce que moi-même j'ai atteint ma propre conclusion.

— Alors comment as-tu su que la sortie était sous la table ?

— En fait ce n'était pas très difficile, c'était le seul endroit inaccessible au regard, et toute la partie visible de la pièce semblait dépourvue de sortie autre que les deux portes par lesquelles nous sommes entrés, et qui sont verrouillées...

Devant notre air ahuri, elle sourit et ajouta « Le chemin qui mène à la connaissance est parfois tortueux, d'autres fois rectiligne, mais quel que soit le chemin qui y mène, l'important c'est le résultat... »

10 - ALOÏS

Le soir tombait, lorsque Pierre gara sa voiture dans la rue où habitait son vieil ami Aloïs. Au temps jadis, lorsqu'il était étudiant, un peu par hasard et un peu par curiosité, il avait choisi un cours optionnel intitulé : « Philosophie des Sciences ». Ce cours était peu fréquenté, et, en raison du nombre restreint d'étudiants, il prenait la forme d'une discussion informelle sur la théorie de la connaissance en général, et la méthode scientifique en particulier. Le chargé de cours était un personnage hors du commun.

C'était un scientifique philosophe, ou peut-être l'inverse... Pourtant il n'avait pas toujours exercé un métier universitaire. Il avait passé une grande partie de sa vie à créer de nouvelles entreprises à vocations technologiques (l'expression start up n'existait pas encore à l'époque), qu'il s'empressait de quitter dès que celles-ci atteignaient un stade industriel. Plusieurs de ces entreprises étaient encore en vie. Pierre savait que l'une d'entre elles était même devenue un groupe d'envergure internationale, mais Aloïs ne voulait pas en parler.

Il avait la remarquable et rare faculté d'être à la fois capable de se plonger dans des réflexions théoriques très abstraites, et de développer certaines de ses idées dans leurs conséquences les plus pratiques.

Pierre l'avait à nouveau rencontré par hasard, quelques années après la fin de ses études, et depuis, même si ce n'était qu'en de trop rares occasions, ils n'avaient cessé de se voir.

Aloïs était maintenant à la retraite depuis plusieurs années, mais Pierre avait toujours autant de plaisir à le fréquenter. Il éprouvait une certaine fierté et trouvait réconfortant d'être l'ami de cet homme qui portait un regard éclairé, et vaguement ironique, aussi bien sur la nature que sur les hommes.

En ces temps où tentaient de s'imposer comme autant de boussoles à une humanité sans repères, matérialisme insipide, culte de l'immédiateté, et prêt-à-penser généreusement distribué par les médias, Pierre avait l'impression qu'il trouvait chez Aloïs des raisons d'espérer.

Il grimpa d'un pas alerte les trois étages de l'escalier et sonna.

— Entre Pierre, la porte est ouverte, dit la voix d'Aloïs.

— Bonsoir, dit Pierre. Comment avez-vous su que c'était moi ?

— Je n'ai pas entendu l'ascenseur avant ton coup de sonnette... Cela faisait un moment que tu n'étais pas venu.

Il n'y avait aucun accent de reproche dans sa voix ; c'était juste une constatation.

Aloïs habitait un bel appartement de quatre pièces, dont les meubles rustiques et la décoration avaient été choisis avec soin par sa femme, au fur et à mesure que leurs moyens le leur avaient permis.

Depuis qu'il vivait seul, il prenait soin de l'appartement et de ses meubles en souvenir de sa femme, mais il vivait dans un désordre sympathique qu'il appelait son « chaos fonctionnel ».

Il était enfoncé dans un fauteuil de cuir marron, à côté duquel il y avait un guéridon sur lequel étaient posés un livre, une revue, des feuilles de papier, ainsi que quelques stylos. Non loin de lui, sur un petit secrétaire, luisait l'écran de veille d'un ordinateur portable dernier modèle, témoin et fidèle serviteur de la modernité et de l'activité intellectuelle du vieil homme. Aloïs tenait à la main un CD ou un DVD sans pochette, dont la surface renvoyait la lumière irisée décomposée de la lampe.

— Quel bon vent t'amène, demanda-t-il en souriant ?

— L'envie de passer un petit moment avec vous...

Puis après une légère hésitation il ajouta :

— Et peut-être aussi un courriel bizarre... mais je vois que je vous ai dérangé alors que vous alliez mettre un disque.

— Non, non, répondit Aloïs en souriant. Je l'observais...

11 - SORTIE

Nous soulevâmes la trappe en bois, et, comme précédemment, un escalier se présenta à nous, ainsi qu'un interrupteur. Nous descendîmes les uns derrière les autres, et après avoir parcouru un couloir d'une trentaine de mètres, nous arrivâmes à une porte débouchant sur l'extérieur. Un verdoyant chemin s'engageait dans un sous-bois.

Sans savoir où nous allions, ni pourquoi, nous commençâmes à progresser le long du chemin.

Au bout d'environ une demi-heure, la forêt s'éclaircit, et lorsque nous en atteignîmes la lisière, nous nous trouvions au pied d'une vaste colline ou peut-être d'une montagne dont nous ne pouvions distinguer le sommet car nous étions trop près d'elle. En lisière de forêt, le chemin se divisait en deux branches, à gauche il prenait une direction parallèle à la base de la colline, alors que sa branche de droite s'élevait graduellement en serpentant.

Perplexes, nous nous assîmes sur l'herbe pour décider de la conduite à tenir.

— On devrait prendre à gauche déclara Kar-N, tout en mâchouillant un brin d'herbe.

Nous étions, curieux de connaître les raisons de son choix et d'être éclairé sur ce qu'il convenait de faire, et nous la regardions intensément un peu comme des étudiants regardent le professeur qui va leur révéler le savoir qu'ils attendent.

Alors elle bafouilla :

— Euh... oui, c'est moins fatigant que de monter !

Quoique légèrement déçus, son embarras nous amusa.

— Je crois au contraire que nous devrions prendre le chemin

qui monte, déclarai-je.

Et, comme si elle lisait dans mes pensées, Jessi-K reprit :

— Je suis d'accord avec Tier-I, si nous suivons le chemin du bas ce sera plus facile, mais pour aller où ? Nous ne le savons même pas ! Alors que si nous choisissons de monter, nous avons une chance d'avoir un panorama nous éclairant mieux sur notre situation.

Loui-J, lui non plus n'avais pas envie de monter ; Mich-L était plutôt de notre avis.

— Alors... que fait-on ? demanda Jessi-K.

Loui-J suggéra de nous séparer en deux groupes, mais Kar-N n'était pas de cet avis et elle préférait que nous restions ensemble. Loui-J à contrecœur se rangea donc à notre avis et le groupe emprunta le chemin qui s'élevait graduellement.

Le chemin serpentait au milieu des mélèzes. Puis, progressivement, ceux-ci devinrent plus rares, et nous cheminions maintenant au-dessus d'une vallée où coulait un torrent dont nous entendions le murmure, là-bas, au loin, atténué par la distance...

12 - DVD

Pierre, un peu interloqué, se demandait l'intérêt qu'il y avait à observer longuement à l'œil nu un DVD.

— Il y a, reprit Aloïs, quelques milliards de petits creux et de bosses à la surface de ce disque... Certes, cela fait beaucoup, mais il n'en reste pas moins qu'il y en a un nombre fini.

Tout en parlant, il faisait miroiter le disque sous la lampe et contemplait, fasciné, les petits faisceaux arc-en-ciel renvoyés par la surface.

Pierre ne voyait pas où Aloïs voulait en venir mais il ne l'interrompit pas.

Celui-ci se tourna vers Pierre :

— Ce DVD est celui du film « *Autant en Emporte le Vent.* » L'as-tu vu ?

— Oui. Il y a fort longtemps lorsque j'étais adolescent... J'ai le souvenir d'une histoire d'amour pendant la guerre de sécession avec des images de guerre et des scènes romantiques.

— C'est un vieux film, réalisé avant la guerre. C'est le film, ou pour le moins un des films, ayant eu le plus de spectateurs dans toute l'histoire du cinéma.

Puis, Aloïs se replongea dans la contemplation de la surface du DVD, et, comme s'il se parlait à lui-même, il reprit :

— Dans ce simple disque de douze centimètres de diamètre, avec tous ses petits creux et ses petites bosses, il y a la couleur des cheveux de Scarlett, le cynisme de Rhett Buttler, la fumée et le bruit des canons, les flammes de l'incendie, la souffrance et le sang des blessés, les horreurs du racisme, la stupidité de la guerre, la complexité des sentiments amoureux, l'héroïsme des uns, la lâcheté des autres... En somme la beauté et la laideur, la grandeur et la petitesse, de la condition humaine...

—Peut être auriez-vous pu choisir un film plus récent, fit remarquer Pierre gentiment moqueur.

— Oui, mais peu importe, continua Aloïs ignorant la remarque, ce qu'il y a d'étonnant, c'est que, quelque chose d'aussi complexe, avec toutes ces nuances, puisse être numérisé...Comme tu le sais, tout cela tient dans un nombre fini de creux et de bosses agencés par paquets de huit (auxquels sont joints quelques creux et bosses de contrôle).

— Certes, se contenta de dire Pierre.

— Tiens... Suppose qu'on range en file indienne chaque homme et chaque femme sur terre, et qu'on leur fournisse à chacun un collier de huit perles à porter autour du cou. Chacune des perles peut être soit blanche, soit noire. Si les choix de colliers sont bien faits, en interrogeant les gens, les uns après les autres, sur la composition de leur collier, on peut réaliser une structure qui a la même forme que « Autant En Emporte le Vent », et qui une fois décodée comporterait les mêmes informations que ce DVD : les yeux et les sentiments de Scarlett, le racisme, la guerre, etc.

— C'est vrai, reconnut Pierre, après tout, malgré toutes les nuances que le film contient, le nombre d'informations élémentaires nécessaire à l'encoder est grand, mais pas inimaginable.

— Et si l'on change, de la bonne manière, l'agencement et la proportion des huit perles noires et blanches de chaque collier, et qu'on interroge à nouveau les gens successivement sur la composition de leur collier, on peut obtenir la même structure et les mêmes informations qu'un DVD qui contiendrait le film « Le Cinquième Élément », pour prendre un exemple un peu plus récent...

Tout en écoutant, Pierre s'était dirigé vers la bouilloire, et avait préparé une tasse de thé pour Aloïs et pour lui-même. Une fois de plus, il sentait confusément que son hôte l'entraînait vers un des chemins de traverses dont il était coutumier. Toutefois, une pensée décalée et incongrue le fit sourire, et il marmonna sans même s'en rendre compte :

— Et si les hommes ne veulent pas porter de colliers?

Aloïs avait entendu ; les yeux rieurs, il rétorqua :

— Si les hommes ne veulent pas porter de colliers, il suffit de doubler le nombre de perles des colliers de ces dames... ou bien de leur offrir en plus un bracelet de huit perles. Nous ne serions donc pas irremplaçables... là non plus !

— C'était juste une tentative de « pensée latérale »..., essaya Pierre.

Mais Aloïs ne réagit pas ; il continuait à penser tout haut :

— Mais il faut extraire l'information. Quand je regarde ce disque à l'œil nu, je vois ces jolies couleurs et c'est déjà très beau. Mais si je veux connaître tout ce qu'il recèle, il me faut ce qu'on appelle un lecteur ; en fait c'est plutôt un décodeur, qui détecte et compte les creux, traduise cela et rende accessible toutes ces choses étonnantes. Peut être aurons-nous l'occasion d'en parler une autre fois...

Pierre se rendit compte qu'il était arrivé plus tard qu'à l'accoutumée. Il aurait aimé prolonger la conversation, mais il ne voulait pas fatiguer le vieil homme. Il s'excusa de la brièveté de sa visite, et prit donc congé en lui promettant, et en se promettant à lui-même, de revenir le voir au plus tôt.

Juste avant de partir il demanda :

—N'avez-vous pas essayé récemment de m'envoyer un courriel ?

Aloïs se contenta de répondre :

— J'ai trop de plaisir à te voir et à t'entendre pour communiquer avec toi par courriel...

13 - CURIOSITÉ

Au bout de deux heures environ la pente commença à devenir moins raide, et nous atteignîmes le sommet. Un magnifique panorama s'offrait à nos yeux. Le soleil était encore haut sur l'horizon, et en nous retournant nous pouvions apercevoir le chemin que nous avions parcouru. En bas dans la vallée on pouvait distinguer au loin, le cloître et le petit bois attenant d'où nous venions. Devant nous le chemin continuait à serpenter en descendant le mont vers une plaine et l'on pouvait voir, perdues dans le lointain deux constructions ressemblant à celle d'où nous venions, chacune d'elles flanquées d'un petit bois la jouxtant.

Nous nous assîmes sur un groupe de rochers.

— Que fait-on maintenant ? dit Mich-L.

— La question serait plutôt « Que *voulons*-nous faire ? » reprit Kar-N.

— Ou bien « Que sommes-nous censés faire ? »... Sommes-nous maître de notre destin, ou bien est-il déjà déterminé, voire écrit... ? s'interrogea Jessi-K à voix haute.

— J'ai l'impression, dit Loui-J, que nous sommes tous en proie à ces interrogations pressantes, et que chacun d'entre nous ressent le besoin impérieux de savoir pourquoi il est ici, ce qu'il est supposé y faire, et vers quoi il va.

— Alors nous n'avons pas vraiment le choix, indiquai-je.

— Oui, reprit Mich-L, tendant la main en direction des deux bâtisses dans le lointain, il nous faut aller voir ce qu'il se passe, là-bas en bas.

Pourtant Loui-J déclara :

—Nous sommes arrivés à sortir de ce qui ressemblait à

une prison plutôt confortable, je n'ai pas trop envie de me trouver à nouveau retenu dans une autre prison, qui pourrait même s'avérer plus désagréable que la précédente.

— En effet, dis-je, c'est un risque, mais que voulons-nous faire ? Errer par monts et par vaux au petit bonheur la chance, sans savoir où aller ? De plus même si aucun d'entre nous ne semble pour le moment ressentir la faim, la soif, ou la fatigue, qui sait si nous n'aurons pas à tenir compte de besoins vitaux dans un proche avenir ?

— Bon...comment s'y prend-on ? On y va tous ensemble ou bien on se sépare, demanda Kar-N ?

Puis elle ajouta :

— Il serait plus rassurant d'y aller tous ensemble, mais d'un autre côté, il faudra alors visiter les deux cloîtres l'un après l'autre, ça prendra plus de temps, et nous serons moins discrets que si nous sommes en petits groupes.

Nous descendîmes le petit chemin et nous arrivâmes à un endroit où il se séparait en trois branches. La branche de gauche et la branche de droite semblaient chacune mener à l'un des cloîtres. Il fut décidé que Jessi-K et moi-même prendrions le chemin de gauche, et que les autres prendraient le chemin de droite.

D'après ce que nous avions vu depuis le haut, nous estimions qu'il y avait environ encore une demi-heure de marche vers chacun des cloîtres. Il fut convenu que nous nous retrouverions à l'endroit de l'embranchement au plus tard au crépuscule, et que les premiers arrivés attendraient les autres.

Le chemin longeait le sous-bois, et, alors que nous cheminions, Jessi-K me fit remarquer que nous n'avions rencontré personne, ni homme, ni bête, depuis que nous étions sortis à l'air libre.

Au fur et à mesure que nous approchions du cloître un sentiment d'oppression nous envahissait, comme si nous nous dirigions à nouveau vers un monde dans lequel nous ne contrôlerions pas nos destinées.

Nous arrivâmes jusqu'au cloître. Le portail principal était fermé, et en longeant le mur extérieur, nous parvînmes à une lourde porte en bois. À notre grande surprise, elle n'était pas verrouillée.

La porte donnait directement sur un escalier, et nous n'avions d'autre choix que de le gravir, ou bien de rebrousser chemin. L'escalier était, faiblement éclairé, et au fur et à mesure que nous montions, l'oppression se changeait en angoisse. Nous nous demandions si nous allions à nouveau nous retrouver reclus dans un endroit où tout nous serait imposé et d'où nous ne pourrions plus sortir.

Nous arrivâmes à ce qui devait être le sommet de la bâtisse, et l'escalier déboucha sur une petite pièce, meublée de deux fauteuils et d'une table sur laquelle se trouvaient des fruits, de la charcuterie, des fromages, de la salade, et du pain. Il y avait au fond de la pièce un petit rideau et une porte. Après avoir en vain essayé d'ouvrir la porte, Jessi-K écarta le rideau et celui-ci dévoila la seule fenêtre de la pièce. Celle-ci orientée vers l'intérieur de la bâtisse, donnait sur une immense salle dont le sol était situé à une dizaine de mètres en contrebas, et dont le plafond se situait au même niveau que celui de la pièce où nous nous trouvions.

—Viens voir, dit Jessi-K d'une voix tremblante.

Je m'approchai, et le spectacle qui s'offrait à nous me glaça.

Nous fûmes alors soudainement pris d'un irrésistible besoin de dormir, et chacun de nous s'affala sur l'un des fauteuils qui meublaient la pièce.

14 - RUCHES

Il était neuf heures du matin, Pierre arriva au bureau de mauvaise humeur, maugréant contre ces embouteillages qui lui faisaient perdre deux heures de vie par jour et ajoutaient à son stress quotidien. Ruminant ces sombres pensées, il pénétra dans son bureau, sans remarquer la personne qui semblait l'attendre dans le couloir. A peine Pierre assis, celle-ci frappa à la porte, et bien que l'intonation du « Oui ? » lancé par Pierre ait plutôt sonné comme un « Non ! », une jeune femme entra dans la pièce.

Elle était brune, des cheveux bouclés encadrant un visage régulier aux pommettes hautes, des yeux verts au regard profond, et un sourire éclatant.

Devant cette apparition céleste, l'agressivité de Pierre disparut comme par enchantement.

— Que puis-je pour vous ?

— Bonjour, je m'appelle Candice, et Thérèse m'a demandé de passer vous voir. Bizarrement, elle a même ajouté. « Vous n'êtes pas entomologistes, mais je crois, que vous pouvez répondre à ses attentes, et peut-être même mieux qu'il ne le pense. »

— Alors asseyez-vous, et dites moi tout...

— Après un doctorat d'informatique, j'ai été embauchée dans notre société il y a trois ans, pour travailler à l'analyse et à la conception de logiciels de calculs pour certains de nos gros clients. Mais depuis quelque temps, mon travail a évolué vers des logiciels axés sur l'aide à la gestion des grandes organisations.

Bien qu'il appréciât sa voix calme et énergique, Pierre pensait qu'il avait beaucoup de travail, et que cette personne avait finalement un CV relativement fréquent dans l'entreprise.

Abruptement il lui demanda :

— Que connaissez-vous sur les hyménoptères ?

Sans se démonter, la jeune femme répondit presque joyeusement :

— Pas grand-chose...

Pierre s'apprêtait à mettre un terme à la discussion quand elle reprit :

— Pas grand-chose d'un point de vue biologique, mais un peu plus, au niveau comportemental. Lors de mes études, j'ai été amené à étudier plusieurs modélisations informatiques du comportement des abeilles dans une ruche. Chacune des abeilles était considérée comme un individu n'ayant aucune idée de l'objectif commun ni de la finalité de la ruche collectivement, mais elle était dotée d'un minimum de comportements élémentaires de base « programmés », lui permettant de tenir son rôle au sein de la ruche.

Pierre se détendit, et s'appuyant sur le dossier de son fauteuil, il murmura :

— Racontez-moi...

— Plusieurs travaux avaient été déjà réalisés, pour reproduire le comportement d'une fourmilière. Sur le même principe, les fourmis virtuelles étaient programmées à réagir aux situations de leur environnement virtuel par des comportements simples. Par exemple on simulait une promenade de la fourmi, si elle rencontrait de la nourriture, quelle que soit la taille de l'objet, elle se plaçait de telle façon que l'objet se trouve entre elle et la fourmilière et se mettait à pousser. Si l'objet était trop lourd elle continuait à pousser, même si cela était sans effet. Mais si une telle fourmi rencontrait une congénère déjà occupée à pousser un objet, elle était programmée pour se mettre du même côté, et commencer aussi à pousser. Et le processus continuait si bien qu'au bout d'un moment, les fourmis virtuelles étaient suffisamment nombreuses pour commencer à déplacer l'objet vers la fourmilière.

Avec un nombre relativement limités de comportements individuels programmés, tels que celui que je viens de décrire, ou bien par exemple comme celui dans lequel chaque fourmi laisse pendant un certain temps une trace sur le chemin parcouru, ce qui dans la réalité correspondrait à une sorte d'odeur, on est arrivé à reproduire assez fidèlement le comportement d'une fourmilière.

— Alors vous vous occupiez de fourmis ou bien d'abeilles ?

— Je travaillais sur les abeilles. En utilisant les mêmes principes, il s'agissait en fait de les appliquer à des comportements sociaux un peu plus compliqués, mais toujours en essayant de minimiser le nombre de comportements élémentaires programmés mis à la disposition de chaque individu, et qui permettraient à l'ensemble, (la ruche dans le cas de mes travaux), de fonctionner.

— Et ça a marché ?

— Oui, répondit-elle simplement. En modélisant de cette manière par « des systèmes multi-agents », comme on les appelle dans notre jargon, on est arrivé à des résultats intéressants. On a montré ce que l'on appelle le « comportement émergeant » de la ruche. Bien qu'aucun des acteurs n'ait le plan d'ensemble, ni même la vision générale de la ruche, tout se passe comme si la ruche était un organisme dont la finalité est d'organiser sa survie, et sa reproduction.

— Et vous travaillez toujours sur cette question ?

— Non, après mes études je me suis préoccupée de gagner ma vie, et j'ai commencé à travailler ici sur d'autres sujets.

— Ca vous dirait d'approfondir la question ?

Elle eut un large sourire, et à nouveau Pierre fut sous le charme.

— Oui certainement, mais pourquoi voulez-vous étudier les abeilles ? Vous êtes-vous déjà intéressé à la question ?

— Non pas vraiment…mais les abeilles ont sûrement beaucoup à nous apporter…

15 - AMORÇAGE

Lorsque je me réveillai, Jessi-K était encore assoupie dans l'autre fauteuil. Le bouton du haut de son chemisier s'était ouvert, et je pouvais apercevoir par l'échancrure, à la base de son cou, un collier composé de perles noires et de perles blanches.

Elle ne tarda pas à ouvrir les yeux. Notre premier réflexe fut de regarder par la fenêtre. Rien n'avait changé, la scène qui s'offrait à nous était toujours la même.

En bas, dans la grande salle, une cinquantaine de convives étaient installés à différentes tables, visiblement au début de leur repas, mais ce qui rendait la scène sinistre et effrayante, c'est que tout ce monde était figé dans une immobilité totale, et que rien n'avait changé depuis que nous étions entrés dans la pièce.

—À ton avis depuis combien de temps sommes-nous là demandai-je à Jessi-K ?

— Je n'en ai aucune idée, nous nous sommes assoupis, et apparemment il ne nous est rien arrivé.

— C'est vrai, mais nous ne sommes pas encore ressortis d'ici...

Sans doute devions-nous avoir faim, car sans même y penser, nous nous étions mis à table.

—Est-ce une mise en scène ? Tous les personnages de cette salle sont-ils des statues ? demanda Jessi-K.

Puis elle ajouta « Cette immobilité est effrayante. Si cela ne tenait qu'à moi, je leur donnerais bien les moyens de bouger. »

Elle se leva un instant, retourna à la fenêtre, jeta un coup d'œil, puis calmement revint à table, commença à éplucher une pomme, et en me regardant elle murmura d'une voix un peu étranglée, « Ils ont commencé à bouger. »

Je me levai à mon tour, dans la salle en contrebas, les convives avaient entamé leur repas, servi par un couple de jeunes serveurs, le tout dans un silence absolu.

Alors que je regagnais la table, la porte située à côté de la fenêtre et qui avait résisté aux tentatives de Jessi-K, s'ouvrit soudain, et la serveuse entra dans la pièce, fit trois pas vers nous, s'arrêta, nous contemplant sans rien dire. C'était la même serveuse que celle qui nous avait servi avant que nous ne sortions du cloître, ou bien un sosie. Il n'y avait ni hostilité ni bienveillance dans son regard, juste une sorte d'indifférence polie.

Comme le silence s'éternisait, Jessi-K risqua un « Bonjour Madame. » Avant qu'elle n'ait pu ajouter quoi que ce soit, la jeune femme esquissa un demi sourire, inclina la tête vers l'avant, et répondit « Bonjour Madame, bonjour Monsieur », puis elle tourna les talons et ressortit comme elle était venue, refermant la porte derrière elle. Je me précipitai à sa suite, mais la porte refusa de s'ouvrir. Au travers de la fenêtre, nous vîmes la serveuse parler à un des convives puis un autre, lesquels convives se mirent à parler à leurs voisins, et bientôt la salle se remplit de bribes de conversations polies et peu animées.

Ne sachant que faire, nous finîmes notre repas et au bout d'un moment je demandai à Jessi-K :

— Alors ?

— Je pense que nous n'avons plus rien à faire ici, nous ferions mieux d'essayer de rejoindre les autres.

— Il serait étonnant qu'ils aient eu la patience de nous attendre car nous sommes ici probablement depuis plusieurs heures.

Jessi-K, avait vérifié que la porte par laquelle nous étions entrés dans la pièce pouvait librement s'ouvrir. Avant de quitter les lieux, nous décidâmes d'explorer la petite pièce dans tous ses recoins.

Alors qu'après avoir jeté un dernier regard à la fenêtre, j'inspectai machinalement la face intérieure du rideau, ce que je vis me stupéfia.

16 - PSY

Pierre contemplait distraitement l'écran de veille de son ordinateur. Il l'avait vu chez Aloïs, et à sa demande celui-ci lui avait donné une copie du fichier. En la lui remettant Aloïs lui avait dit : « C'est bizarre, cette copie de fichier m'a donné du fil à retordre... Mon ordinateur a planté et s'est réinitialisé deux fois pendant que je la faisais... » Pierre avait fait vérifier par les services de la compagnie que ce petit logiciel répondait bien aux normes de sécurité et ne contenait pas de virus. Ceux-ci n'avaient rien trouvé à redire, et Pierre l'avait donc installé.

Un petit ordinateur stylisé se promenait sur son écran, sur l'écran duquel se promenait un petit ordinateur montrant lui-même un ordinateur... et ainsi de suite. Si, avec la souris, on mettait le pointeur sur l'écran de l'ordinateur baladeur, par un effet de zoom celui-ci prenait toute la place de l'écran réel, et l'écran baladeur suivant prenait la place du précédent. On pouvait procéder ainsi à l'infini... A chaque étape l'écran changeait de couleur, et l'ordinateur baladeur changeait de forme.

Il se rappelait les mots du Boss. « ... le projet doit absolument rester secret ; il vous faudra trouver le moyen de faire travailler ensemble des équipes qui ignorent le but final. Bien sûr, au fur et à mesure de l'avancement, certains de vos collaborateurs devront être mis au courant. Il vous appartient de décider qui et quand... » Il éteignit sa webcam, qui par un bogue fort répandu et apparemment non résolu, avait la fâcheuse habitude de s'allumer à chaque redémarrage de l'ordinateur. Ce n'était pas très gênant, mais il trouvait cela un peu irritant...

Il prit son téléphone, et composa le numéro d'Alix.

— Serais-tu libre pour déjeuner avec moi demain à midi ?

— Bien volontiers, mais alors on ne parle pas de boulot, j'ai un programme très chargé demain matin, et j'aurai besoin de me détendre.

— Sûr, pas de problème de ce côté-là, mentit Pierre sans vergogne.

Il avait deux raisons de vouloir parler à Alix en privé, l'une concernait Alix et le projet, l'autre raison, concernait le projet... et la femme d'Alix.

Puis il rendit visite à Thérèse.

Elle l'accueillit avec le sourire, et lui demanda tout de suite :

— Alors ? As-tu eu le temps d'interviewer l'entomologiste virtuelle que je t'ai envoyée ?

— Oui, bravo, tu as fait un job formidable ; je cherchais une personne exactement comme elle, répondit Pierre avec un peu plus d'enthousiasme qu'il n'aurait voulu.

Il connaissait bien Thérèse qui, par nature et par fonction, n'était pas facile à berner. Et comme il n'avait pas envie de se lancer dans des explications sur le travail qu'il avait à faire, il aborda directement l'objet de sa visite.

— À ma connaissance, nous n'employons pas de psychologue d'entreprise n'est-ce pas ?

— Non, mais nous avons un cabinet attitré à qui nous confions des missions ou des organisations de séminaires, lorsque nous avons besoin de constituer des équipes à forte cohésion, ou bien lorsque nous devons stimuler la motivation de certains services ou celle d'éléments clés de notre organisation.

— Et ça marche ?

— Parfois oui, parfois non, c'est difficile à dire... Il est souvent mal aisé de se faire une idée de l'efficacité de ces missions. D'un côté on a besoin de quelqu'un qui puisse juger objectivement des besoins de l'entreprise, et à ce titre-là il doit lui être extérieur, et d'un autre côté, il faudrait quelqu'un qui connaisse intimement la compagnie et ses subtilités, non seulement son organisation explicite mais aussi son organisation implicite... Mais de quoi as-tu besoin ? Y a-t-il des problèmes dans ton département ? Ou bien s'agit-il de problèmes personnels ?

— Non, non... Je cherche à constituer une équipe pour un projet important...

— Tu veux la souder et mettre en place une session de type « Team Building » ?

— En fait je cherche quelqu'un à intégrer en permanence à l'équipe.

Thérèse mit son coude sur l'accoudoir de son fauteuil, et, appuyant son menton sur son poing fermé, regarda Pierre droit dans les yeux.

— C'est la première fois que j'ai une pareille demande chez nous... Tu ne veux pas m'en dire plus ?

— C'est un peu compliqué, et j'ai peut-être besoin de réfléchir encore un peu avant de pouvoir préciser ce que je cherche...

Thérèse appréciait Pierre et son efficacité. Il savait être assertif, et contrairement à beaucoup de ses collègues il n'avait pas besoin d'être arrogant pour se donner l'air d'être compétent. Comme elle avait du tact elle n'insista pas, et Pierre partit voir Hervé.

17 - RÉACTION

Jessi-K était en train d'inspecter le dessous de la table sur laquelle nous nous étions restaurés.

— Jessi-K, dis-je alors d'une voix mal assurée, il y a un texte brodé au fil rouge, écrit sur l'intérieur du rideau...

— Qu'est-ce qui est écrit ? interrogea-t-elle, sans cesser son inspection.

Je lus la première phrase à voix haute : « *Ceux qui ne peuvent voir leur propre auréole, devront quitter les lieux avant demain soir, sous peine de disparaître.* »

Et, alors que je prononçai ces mots, j'entendis clairement le son de ma propre voix, diffusé dans la grande salle en contrebas.

Passé l'effet de surprise, Jessi-K demanda « c'est tout ce qui est écrit ? »

— Non, ensuite il est écrit plusieurs phrases...

— Lesquelles ?

— « *Il en reste encore qui doivent partir...*», puis trois fois « *Il en reste encore...* » dis-je à voix basse.

La porte par laquelle était entrée la serveuse, et qui permettait d'accéder à la grande salle était à nouveau verrouillée, et nous n'eûmes pas d'autre choix que de ressortir du cloître en prenant l'escalier en sens inverse.

Le soleil montait à l'horizon dans l'air frais du matin et nous cheminions le long du sous-bois. Nous avions donc passé la nuit dans le cloître.

Jessi-K, semblant autant se parler à elle-même que s'adresser à moi demanda :

— Ils ont entendu, par ta voix, la première instruction brodée sur le rideau, concernant leur auréole. Qui va leur lire les autres instructions ?

Je n'en savais rien. Peut-être étaient-elles destinées à être lues par d'autres visiteurs...

Nous arrivâmes à nouveau à l'embranchement des chemins et n'y trouvâmes ni Mich-L, ni Kar-N, ni Loui-J.

Après avoir hésité sur la conduite à tenir, nous décidâmes un peu à contrecœur, d'aller voir si nos compagnons n'étaient pas bloqués dans l'autre cloître. Le chemin ressemblait beaucoup à celui que nous avions suivi la veille, mais il nous fut impossible de pénétrer dans la bâtisse, car toutes les entrées étaient verrouillées.

Un peu inquiets sur leur sort, nous n'eûmes pourtant pas d'autre choix que de retourner à l'embranchement, et d'explorer le troisième chemin. Au bout d'une heure environ, il déboucha sur une route goudronnée, complètement déserte.

Il devait être près de midi, quand nous entendîmes derrière nous un ronflement, d'abord à peine perceptible, puis de plus en plus fort, et nous vîmes un autobus arriver vers nous.

Alors qu'il approchait, le bus ralentit.

18 - EXTRACTION

Pierre était assis dans le bureau d'Hervé, face à lui, et lui parlait d'un projet d'extraction de connaissances.

— J'ai des idées générales sur la question disait Hervé, mais je ne suis pas un spécialiste, et je ne suis même pas sûr que ce soit très clair dans mon esprit.

Ils décidèrent d'appeler Alix à la rescousse.

Pierre savait qu'Alix était passablement occupé, mais il laissa Hervé lui téléphoner. Celui-ci mit la conversation sur haut-parleurs.

— L'extraction de données, disait la voix d'Alix, consiste à mettre à jour, sous une forme présentable, des informations utiles telles que des statistiques, des correspondances, et des corrélations, en fouillant des banques de données où celles-ci sont entreposées en nombre considérable. Mais, au sein de ces entrepôts, les données sont structurées, factuelles, et souvent numériques...

— Et l'extraction de connaissances ? demanda Hervé.

— L'extraction de connaissances consiste aussi à trouver parmi des masses de données les informations cherchées et à les présenter de manière utile. Mais on ne se cantonne plus à exploiter des banques de données structurées, on cherche aussi à utiliser toutes les données pertinentes, où qu'elles soient... Par exemple au sein de textes en langage courant, ou d'images, pourvu que ceux-ci soient accessibles par ordinateur, comme c'est le cas avec l'Internet, ou les réseaux d'entreprise.

— Donc dans le cas d'extraction de connaissances, on fouille dans ces masses de données même si celles-ci ne sont pas structurées dans des entrepôts spécifiques....

— C'est cela, conclut Alix.

Puis, décidément pressé, il raccrocha sur un « Désolé mais il faut que je vous quitte, je n'ai vraiment pas le temps... »

Hervé et Pierre restèrent silencieux quelques instants. Au bout d'un moment, Hervé déclara :

— On ne peut pas réinventer la roue... Si j'ai bien compris, tu me demandes de constituer une équipe afin de mettre au point un système d'extraction de connaissances, capable de fusionner des données provenant de diverses sources n'ayant rien à voir les unes avec les autres, ni dans leur contenu, ni dans leur format, ni dans leur finalité, et capable à chaque requête d'extraire un rapport synthétique sur le sujet...

— Tout en permettant si nécessaire, le suivi du cheminement ayant conduit à ce rapport, compléta Pierre.

— Et tu sais, tout comme moi, que bien que nous ayons en interne une certaine expérience de l'extraction de données, ce que tu demandes est une autre paire de manches.

On frappa à la porte, et une jeune collaboratrice apporta du courrier en souriant. Alors qu'elle ressortait, Hervé laissa errer un regard rêveur sur la démarche chaloupée de la jeune femme en talons aiguilles. Puis, machinalement, il rajusta sa cravate grenat, réfléchit un moment, et continua :

— Il y a plusieurs sociétés qui ont déjà cogité sur le problème, le mieux ce serait de savoir ce qui se fait ailleurs sur le même sujet. On pourrait peut-être débloquer un budget afin d'aller leur piquer leurs secrets...

Hervé était un trentenaire souriant aux cheveux précocement grisonnants et il avait une légère tendance à l'embonpoint.

C'était un esprit vif et un brillant tacticien, mais, malgré l'expression amicale de son visage, il était totalement imperméable à toute éthique ou morale, dès lors qu'il s'agissait de sa carrière, ou du monde des affaires.

En ce sens, il était la caricature de ce que peut produire une grande école, lorsque les questions d'éthique n'y sont considérées que comme une sorte de cosmétique politiquement correct, dont il faut bien habiller certains enseignements, afin de préserver les apparences.

Pierre avait l'impression que cette tendance au cynisme était en progression aussi bien dans le monde des affaires, que ceux de la politique et des média ; et il trouvait cela déplaisant...

La nature même de l'environnement dans lequel sa profession le faisait évoluer, le forçait à se déterminer par rapport à cela. Ainsi, en était-il venu à se constituer sa propre philosophie.

Il souhaitait pouvoir se dire, devant sa glace, chaque matin en se rasant, que même si tout être a sa part d'ombre, il se comportait en « honnête homme ». A vrai dire, il ne savait pas s'il en était un... Mais les miroirs permettant de refléter ce genre d'images existent-ils ?

Certes, par pragmatisme, pour des raisons d'efficacité, et peut être aussi par confort, il s'en tenait à respecter un certain nombre de valeurs et de comportements qu'il jugeait importants ; toutefois il n'adhérait pas aveuglément aux morales officielles qui, trouvait-il, côtoyaient souvent le conformisme bien-pensant.

Cette forme de pensée et de conduite s'était imposée à lui au fil des années, l'expérience lui ayant appris que, même si une attitude naïvement directe pouvait s'avérer parfois perdante, malgré tout, à la longue, les comportements honnêtes étaient plus « rentables » que les comportements malhonnêtes.

Pour parler un langage financier, il s'était donc aperçu que le « retour sur investissement » de la rectitude, à moyen et long terme, était supérieur à celui de la tromperie.

En fait, il préférait se croire intéressé par la morale, que se croire moral par intérêt... mais parfois le doute subsistait...

— Qu'est-ce que tu en penses ? insistait Hervé.

Pierre pensa que ce n'était pas la peine d'essayer de lui expliquer les raisons pour lesquelles il ne souhaitait pas débloquer un budget spécifique d'espionnage de ses concurrents. Il n'aurait probablement pas compris... Il se contenta donc de lui répondre :

— Non, nous n'avons pas assez de d'argent pour ce genre d'opération. Mais je suis d'accord avec toi, on ne peut pas réinventer la roue.

— Alors ?

— Alors je te suggère de te renseigner sur tout ce qui existe sur le sujet, et qui est du domaine public, puis de voir si avec nos compétences internes on peut mettre quelque chose sur pied.

— Et tu crois que ça va nous mener loin ?

— Je ne sais pas si cela suffira à faire démarrer le processus, mais une fois qu'on aura une première idée on embauchera, si nécessaire, des spécialistes de la question pour nous aider.

— Ces gens-là, il faudra sûrement les débaucher de quelque part... murmura Hervé.

— Pas forcément, il existe peut-être sur le marché des talents indépendants ; mais si c'est nécessaire et s'ils veulent venir chez nous, pourquoi pas ?

— Et qui est le client ? poursuivit Hervé.

— Je n'en sais rien, je ne sais même pas si c'est une demande interne ou une commande, répondit Pierre.

Hervé n'était pas convaincu par la réponse de Pierre mais il n'en laissa rien paraître.

19 - CITÉ

Le bus parvint à notre hauteur, s'arrêta, et la porte avant s'ouvrit.

Jessi-K me regarda d'un air interrogateur. Tout comme moi elle hésitait à monter. Le chauffeur se tourna vers nous. Il ressemblait à s'y méprendre au serveur qui avait officié dans le cloitre. Il déclara calmement : « Eh bien ? Qu'attendez-vous pour monter ? Nous sommes déjà en retard... »

Le chauffeur n'avait pas l'air hostile, et nous n'avions rien de mieux à faire... Alors nous montâmes dans le bus.

Celui-ci était presque plein, à l'exception de quelques sièges dont deux côte à côte marqués « i » et « k » où nous prîmes place, et le bus démarra. Les passagers somnolaient, ou bien discutaient à voix basse. Alors que nous nous laissions gagner par la torpeur ambiante, Jessi-K fouilla machinalement dans la pochette située sur le dossier du siège qui était devant le sien, et en retira ce qui semblait être le plan d'une petite ville. La pochette située en face de mon siège ne contenait rien. Le bus roula pendant environ une heure, puis nous arrivâmes dans une agglomération. En fait, cela ressemblait plus à un immense campus qu'à une ville. L'ensemble était constitué de petits bâtiments de quelques étages, d'allure propre quoi qu'un peu impersonnelle. Les bâtiments étaient séparés par de petits espaces verts, au milieu desquels se déployaient les routes et chemins qui les desservaient.

Puis, le bus arriva à une aire de parking, s'immobilisa, la porte centrale s'ouvrit et nous entendîmes la voix du chauffeur, toujours aussi calme, dire dans le haut-parleur « Terminus, tout le monde descend. Merci d'avoir voyagé avec nous. » Après un moment de flottement, les voyageurs se levèrent, descendirent du bus et ils s'égayèrent dans toutes les directions.

— Que fait-on maintenant, se demanda Jessi-K à voix haute ?

— Je n'en sais rien... Nous ignorons à quelles lois nous sommes soumis ... Nous ne savons même pas d'où nous venons... Comment pourrions-nous savoir où nous allons ? répondis-je d'un ton morose.

20 - POMME

Absorbé dans ses pensées, Pierre était retourné à son bureau. Alors qu'il jetait un regard distrait à son ordinateur, il s'aperçut que l'écran de veille était igé. Il y avait bien l'image d'un petit ordinateur, mais celui-ci était ixe, et au lieu d'afficher sur son écran une succession d'autres ordinateurs, on pouvait lire à la place le nombre « 01000110 ». Il cliqua plusieurs fois sur l'écran, mais rien ne se passa. Cela pouvait être le code d'une erreur informatique et il le griffonna sur un papier. Dans une ultime tentative il cliqua à nouveau, et pendant quelques secondes les lettres « A. G. » apparurent à la place du code. Puis tout redevint normal, et la ronde des petits ordinateurs baladeurs reprit son cours. Contemplant la suite de zéros et de uns, Pierre se livra à un petit calcul, et conclut que celle-ci était l'expression en numération binaire du nombre 70... Après tout cela n'avait probablement pas grande importance, et il en parlerait au service technique à l'occasion. Mais sans qu'il sache vraiment pourquoi, l'incident lui fit penser à Aloïs. Probablement parce que c'était lui qui lui avait donné ce logiciel économiseur d'écran. Peut-être pourrait-il l'éclairer à ce sujet. Il avait toujours plaisir à voir le vieux professeur, et ce serait une bonne occasion de lui rendre à nouveau visite en fin de journée.

Lorsqu'il arriva chez Aloïs, celui-ci était occupé à lire un livre, tout en croquant une pomme, apparemment avec grand plaisir. Pierre remarqua que le DVD de « *Autant en Emporte Le Vent* » lui servait de marque page. Alors qu'il s'enquérait de sa santé Aloïs déclara :

— Je suppose qu'à mon âge, il est normal de ne pas être sur

la pente ascendante. Mon toubib a décidé qu'une infirmière viendrait me voir une fois par semaine. Rassure-toi, rien de grave. Mais quand même...

Puis, à la grande surprise de Pierre, il ajouta avec un léger clin d'œil :

— Le seul bon côté de la chose c'est qu'elle est absolument charmante !

Pierre, un peu gêné, préféra changer de conversation.

— La dernière fois, vous me parliez de lecteurs et de décodeurs pour extraire l'information du DVD.

— Oui, c'est vrai, répondit-il sobrement.

Puis, revenant apparemment à son premier sujet, il déclara sur un ton léger :

— Lorsque deux corps s'attirent, ils ont trois comportements possibles : ou bien chacun dévie de sa route mais continue son chemin, ou bien ils commencent à tourner l'un autour de l'autre, ou bien encore les deux corps tombent l'un sur l'autre.

Fugitivement, une silhouette féminine se rappela au souvenir de Pierre, et, à son corps défendant, l'une des trois possibilités se fit nettement plus distincte que les autres dans ses pensées...

— De plus, continuait Aloïs imperturbable, plus ils se rapprochent l'un de l'autre, plus forte est leur attraction réciproque.

« C'est bien vrai ! Mais pourquoi parler de cela ? » pensa Pierre.

Il savait qu'Aloïs était un esprit éclectique. Toutefois, sa réflexion sur l'infirmière, ainsi que l'anthropologie des comportements amoureux qu'il semblait vouloir aborder dans la discussion, lui semblaient être des sujets en décalages avec la retenue et l'élégance dont celui-ci faisait habituellement preuve. Se pouvait-il que, sous l'effet de l'âge, certains démons se réveillent tardivement ?... Prudent, il ne répondit rien, et attendit la suite avec un mélange de curiosité et d'appréhension.

— Il existe un langage universel dans lequel la nature s'exprime...

La suite se fit attendre. Le sujet abordé, et le silence qui suivait les propos d'Aloïs commençaient à devenir gênants. Pierre se tortillait sur sa chaise mal à l'aise, et sentait une sensation de chaleur désagréable l'envahir. Il essaya de rompre le silence de la manière la plus neutre possible.

— Un langage de la nature, ou bien d'un langage de communication que les hommes ont inventé pour exprimer les comportements naturels ?

La réplique d'Aloïs, n'apporta pas de réponse et augmenta même son malaise.

—De toutes les contraintes naturelles auxquelles nous sommes soumis, il y en a une qui est ma préférée, merveilleuse dans sa profondeur, sa simplicité, et même sa gravité.

Pierre observait Aloïs à la dérobée. Il n'avait pourtant pas l'air d'un vieil homme tourmenté. Désignant le panier à fruits, celui-ci proposa « Veux-tu une pomme ? Elles viennent directement du producteur et sont délicieuses. »

L'offre était tentante, elle permettait de faire diversion, et Pierre accepta.

Aloïs s'empara prestement du fruit, et le lança à son ami. Après avoir décrit une jolie parabole, la pomme, atterrit directement dans les mains de Pierre positionnées en entonnoir.

— Les lois de la nature s'expriment en langage mathématique... dit alors Aloïs.

Puis son ton se fit un peu plus doctoral et il poursuivit :

— Oui, en langage mathématique ! Et bien que l'idée ait déjà existé au stade embryonnaire chez les Grecs, celui qui parait avoir vraiment pris conscience de cela ou du moins l'a formulé explicitement en premier, vivait il y a bien longtemps. Il s'appelait Galilée et il avait raison : on n'a pas trouvé de meilleurs moyens que le langage mathématique pour exprimer les lois fondamentales de la nature.

Pierre sentit soudainement l'atmosphère s'alléger. C'était probablement la première fois de sa vie qu'un thème qui pourrait fort bien s'avérer pesant, voire ennuyeux, lui ôtait le fardeau d'une discussion légère. Cependant Aloïs continuait :

— On peut effectivement se demander, si ce langage n'est qu'un moyen inventé par les hommes pour échanger entre eux. Toutefois, il semble bien que ce soit plus qu'un simple langage de communication.

— Pourquoi donc ?

— Non seulement il permet de communiquer sur la nature, mais il permet aussi de la décrypter... Mais, venons-en à cette loi naturelle dont la profondeur, la gravité et la simplicité, me captivent, et qui fut découverte par Monsieur Newton. Que dit-elle ?

Elle dit que si l'on veut connaître la force qu'exercent deux corps entre eux, on multiplie la masse de l'un par celle de l'autre, on divise cela par le carré de la distance qui les sépare, puis on multiplie le tout par une certaine constante qui, comme son nom l'indique, ne dépend pas de la situation observée.

Il se saisit d'un magazine qui se trouvait sur le guéridon, et griffonna sur la couverture : $F = k (M \times m) / d^2$.

— Voilà ! Cette simple loi permet de connaitre la force qui s'exerce entre deux corps du fait de leur seule masse. Complétée par deux autres lois, tout aussi simples, et avec un peu de mathématiques à la portée d'un étudiant en sciences de deuxième année, elle permet aussi de prédire le mouvement de deux corps, l'un par rapport à l'autre. Il ne s'agit donc pas de calculer leurs taux hormonaux respectifs, comme-tu semblais le penser à l'instant, ajouta-t-il dans un sourire amusé.

Il ne pouvait ignorer que bien sûr, cela était connu de Pierre... Celui-ci, définitivement rassuré au sujet d'Aloïs et bien que ne sachant sur quels chemins celui-ci voulait le conduire, put enfin continuer la discussion détendu :

—Les traités de physique sont remplis de multitudes de formules, plus ou moins compliquées ; pourquoi tant d'enthousiasme pour celle-ci ?

— Ce qu'il y a d'extraordinaire poursuivit Aloïs, c'est que cette loi semble s'exercer, disons... pour respecter la légende, entre une pomme comme celle que je t'ai lancée et la terre. Mais elle fonctionne aussi entre la Lune et la Terre, et aussi entre la Terre et le Soleil. Puis on s'est aperçu qu'elle fonctionnait entre les différentes étoiles qui forment une galaxie, et aussi entre les galaxies elles-mêmes. Aussi loin que nous puissions observer l'univers, cette loi semble décrire ce qu'il se passe du point de vue de la gravité.

— Mais qu'a-t-elle de spécial qui vous fascine ? insista-t-il.

— Ce qui m'émerveille, répondît Aloïs, c'est la précision et l'universalité de la formule, et que nous, dans notre cervelle de primate, nous ayons pu mettre à jour une formule d'une telle précision et d'une telle universalité. D'ailleurs, Monsieur de

La Palice ne l'eût pas mieux nommée, puisque tout le monde la connait sous le nom de « Loi de l'attraction universelle »... A mon sens, *c'est la première loi, plus tard suivie de beaucoup d'autres, qui a permis à l'homme de se projeter bien au-delà de l'univers dans lequel il vivait.*

— C'est donc un intérêt historique ...

— Pas seulement. Cette formule est une porte d'entrée vers d'autres mondes... C'est un peu comme si un jour, après avoir étudié l'eau qui les entoure et bien réfléchi, un groupe de poissons de mer tropicaux avait prédit l'existence des glaciers, de la neige, et des fleuves.

Cette fois, ce fut la pieuvre de Mahon qui s'invita brièvement dans les pensées de Pierre. Peut-être, après tout, dans quelques centaines de milliers d'années, l'évolution permettrait-elle au « cerveau distribué » des pieuvres de se faire une idée du monde émergé.

Après un moment de silence, Aloïs concéda :

—Bien que cette loi ait paru pendant plusieurs siècles d'une extrême précision, en fait pour être vraiment précis, il faut tenir compte des corrections relativistes, formulées plus tard par un autre personnage célèbre nommé Einstein... Les hommes ont alors disposé d'une formulation de la loi de la gravité paraissant vraiment universelle.

— Les corrections relativistes rendent la formulation très complexe, glissa Pierre.

— Oui, et pour la suite de l'histoire nous nous restreindrons à la formule toute simple de Newton, dont la grande précision resta fort longtemps sans être prise en défaut.

Pierre se demandait, mi-inquiet, mi-amusé à quelle histoire Aloïs se référait en parlant d'une suite à venir... Il avait passé l'âge des cours de physique !

Mais Aloïs poursuivait :

— La connaissance de l'ensemble de ces lois physiques, que les hommes ont pu mettre à jour et formuler dans un langage adapté, leur a permis non seulement de découvrir des secrets de la nature, mais aussi de composer avec elle et de réaliser des choses incroyables, comme s'affranchir du jour et de la nuit, s'affranchir des lois de la gravité, se parler et se voir à distance, mettre à leur service des forces des millions de fois plus puissantes que la force animale...

— Toutefois il ne me semble pas que l'homme soit plus heureux pour autant, marmonna Pierre.

— C'est vrai, mais ceci est un autre problème, pour lequel il n'existe pour le moment pas de formulation mathématique... même en tenant compte des taux hormonaux...

— Mais quel rapport avec le décodeur de DVD ?

21 - LOGEMENT

Tout en entreprenant de déplier le plan trouvé dans le bus, qu'elle avait gardé à la main, Jessi-K marmonna :

— D'accord nous ne savons pas d'où nous venons, ni où nous allons, ni quelles lois nous régissent, mais peut-être, pouvons-nous au moins savoir où nous sommes.

L'aire de stationnement du bus était bien représentée sur le plan, et de plus, un itinéraire y était tracé, qui partait du point où nous nous trouvions et aboutissait à un bâtiment situé rue des Cartes, à environ deux kilomètres.

Nous nous mîmes en route. Il y avait peu de circulation, et la promenade jusqu'à la rue des Cartes fut agréable. Nous arrivâmes au pied de l'immeuble, dont la porte d'entrée était verrouillée par un digicode. Le bâtiment comportait trois étages, et pour chaque étage, il y avait huit boutons de sonnette chacun repéré par une lettre.

Au troisième étage, les huit boutons portaient les lettres I à P incluses.

Après quelques essais infructueux, nous entrâmes les caractères I et K sur le digicode et la porte d'entrée de l'immeuble s'ouvrit. Parvenus au troisième étage, nous nous trouvâmes face à huit portes, réparties en deux rangées de quatre, le long de chacune des deux façades principales de l'immeuble. Les portes étaient désignées chacune par les mêmes lettres que les boutons de sonnette mais sans respecter rigoureusement l'ordre alphabétique. Les portes I, et K s'ouvrirent sans encombre.

J'étais entré dans l'appartement I, et Jessi-K était entrée dans l'autre.

Tant par son agencement que par le mobilier, l'appartement était différent, de celui dans lequel j'avais passé les trois premières nuits de mon... « existence » ou « aventure ». (Comment dénommer ce qui m'arrivait depuis que l'on m'avait proposé de la salade dans la salle à manger du cloître ?) Pourtant, le temps d'un bref instant, j'eus l'impression d'être à nouveau dans le cloître. Cela ne dura pas, mais une vague inquiétude subsista en moi.

Il y avait un petit couloir de quelques mètres, menant à une salle de séjour, sur laquelle donnait une chambre, elle-même attenante à un cabinet de toilette. Dans la chambre et la salle de séjour, une fenêtre permettait de contempler la verdure extérieure et les autres immeubles. La chambre comportait un placard et une penderie, remplis de linge et d'habits d'homme, un grand lit flanqué de chaque côté d'une table de nuit, et un bureau équipé de sa chaise. Dans la salle de séjour, il y avait une table entourée de six chaises, un canapé, deux fauteuils accueillants, et un coin cuisine dont le frigo était rempli de nourriture. Le sol était recouvert d'une moelleuse moquette beige. Je me dirigeai vers le cabinet de toilette, et je pus voir mon image dans le miroir. Alors l'inquiétude disparut.

J'avais l'air fatigué... et un collier formé de huit perles blanches et noires autour du cou.

22 - ISOMORPHISME

Aloïs avait ignoré la question, ou peut-être ne l'avait-il pas entendue, et il poursuivait son idée :

— Ce qu'il y a de stupéfiant, c'est que le langage mathématique a une particularité unique. Non seulement il permet, comme les autres langages, de décrire et de communiquer, mais de plus il agit comme un filtre, car sa structure interdit de formuler des propositions contradictoires entre elles. Si les langages courants sont des véhicules tout-terrain qui permettent d'aller sur n'importe lequel des chemins de l'imagination, le langage mathématique, lui, est un train qui construit ses rails au fur et à mesure qu'il avance. On peut choisir d'avancer avec le train mais on ne sait pas où mène la voie ferrée qui se construit.

Il fit une pause.

— Alors quel rapport avec le décodeur de DVD ? répéta Aloïs, qui, tout compte fait avait bien entendu la question de Pierre.

— Eh bien voilà... poursuivit-il, comme tu le sais, la mise en place ou plutôt la découverte de ce langage si bien adapté aux lois de la nature, a pris des siècles et des siècles, nécessitant les efforts, les erreurs, et les succès, de milliers de brillantes personnes, en général pendant toute leur vie. Au fil des générations, et des centaines de génies qui se sont succédés depuis l'ère préhistorique, chaque génération a ajouté et aussi parfois retranché (car les progrès de la science sont loin d'avoir suivi une courbe uniquement ascendante) une couche supplémentaire dans la façon de penser et la façon d'utiliser le cerveau des personnes qui avaient accès au savoir.

Le ton quelque peu professoral avait disparu ; Pierre ne disait rien et regardait avec plaisir, le visage du vieil homme s'animer sous l'effet de la passion. Il avait l'air d'un gourmet décrivant son gâteau préféré.

— Un peu, continuait-il, comme si la mise en commun des réflexions de tous ces cerveaux construisait, au fil des générations, le décodeur nécessaire à comprendre la nature et l'univers. Et même les personnes qui n'ont pas eu accès à ce savoir, ont bénéficié (ou parfois aussi souffert) des progrès résultants de cette compréhension.

Aloïs conclut :

— Nous sommes loin d'avoir terminé la construction du décodeur... Mais si l'humanité ne se fait pas disparaitre avant, on peut imaginer que, grâce à la mise en réseau permanente des trouvailles de tous ces cerveaux, les générations futures pénétreront les secrets profonds de l'univers dans lequel les hommes sont plongés.

Il semblait maintenant fatigué, et cela lui donnait l'air de douter de la partie optimiste de l'alternative qu'il venait d'évoquer.

Il était temps de partir. Mais, en le regardant droit dans les yeux, Aloïs déclara « Tu sais, cette jeune infirmière est vraiment charmante... ». Pierre se sentit à nouveau gêné et se crispa. Cependant Aloïs continuait :

— Je n'ai pas l'habitude de jouer les entremetteurs, mais j'aimerais vraiment te la présenter, il me semble que tu as perdu de ta joie de vivre d'antan et que tu as besoin de voir du monde...

Pierre sourit ; décidément rien ne lui échappait.

— Ne vous faites pas de souci pour moi, j'ai plein d'amis. Et je sors beaucoup, mentit-il.

Puis il montra à Aloïs le papier où il avait écrit la suite « 01000110 », et lui expliqua dans quelles circonstances celle-ci était apparue sur son écran de veille. Aloïs jeta un rapide coup d'œil, et sans même réfléchir répondit « C'est le nombre 70 écrit en numération binaire. » Il ne semblait pas attacher une grande importance à la question, mais bizarrement il ajouta :

— Je ne vois pas trop ce que l'on peut dire d'autre, mais si cela se reproduit, s'il te plait, fais le moi savoir.

Comme Aloïs le raccompagnait à la porte, Pierre ne put s'empêcher de lui poser une dernière question :

— Alors l'univers c'est le DVD, et le cerveau humain

le décodeur ?

— Non... le décodeur c'est ce que le système émergeant, formé de ces cerveaux communiquant entre eux, est capable de créer... Et, vois-tu, le décodeur humain, est encore plus fabuleux que le lecteur de DVD :

Tout comme le décodeur de DVD, il donne la vision de choses qui existent alors qu'elles sont invisibles et inexorablement cachées à l'œil nu ; pourtant l'histoire qu'il nous révèle est encore en cours d'élaboration (du moins de notre point de vue).

Puis il ajouta :

—C'est aussi un révélateur d'isomorphisme...

Pierre descendit l'escalier en méditant sur cette phrase sibylline, et aussi, malgré lui, un peu sur l'infirmière d'Aloïs ...

23 - LA PLACE

Le lendemain nous décidâmes d'aller explorer notre nouveau lieu de vie. Nous marchions d'un pas tranquille vers une place centrale indiquée sur le plan et simplement nommée La Place. Nous pensions, qu'en raison de sa situation, elle devait être un point de passage naturel et donc, probablement, un lieu d'animation.

Nous déambulions, pour la première fois d'un pas insouciant, dans une large avenue bordée d'arbres, lorsque notre attention fut attirée par une affichette fixée sur le tronc de l'un d'eux. C'était une petite affichette : un habitant du quartier avait peut être perdu quelque chose et espérait que quelqu'un du voisinage l'avait aperçu ou recueilli. Par curiosité, nous nous approchâmes. Jessi-K était parvenue la première près de l'arbre. Après un rapide coup d'œil elle se retourna vers moi, et je vis sur son visage que la tension s'installait à nouveau en elle. Elle s'écarta pour me laisser lire les cinq mots suivis de points de suspension écrits sur l'affichette : « *Ceux qui tiennent la corde...* » Nous continuâmes notre route silencieusement, et un peu plus loin, une autre affichette apparut sur un arbre, sur laquelle était inscrit : « *...pourront par leurs efforts...* » Une troisième affichette continuait « *Sans jamais la lâcher...* » Et comme nous nous y attendions, juste avant d'arriver sur la place, une quatrième affichette terminait la devise «*...bien maîtriser leur sort.* »

La place était rectangulaire et les terrasses de café, disséminées sur le pourtour, ainsi que la pelouse et la fontaine situées au centre, auraient dû rendre l'endroit propice à la nonchalance et la détente.

Pourtant il régnait une atmosphère pesante. Les gens parlaient très peu, ou bien à voix basse, et leur manière de se promener n'était pas celle de badauds insouciants. Tout en se déplaçant apparemment sans but précis, ils semblaient attendre quelque chose.

Un petit attroupement, près de la fontaine, attira notre attention. Au centre de la fontaine, il y avait une statue en bronze représentant une jeune femme dévêtue, assise sur une sphère semblant calée par deux gros livres. Elle tenait dans sa main droite, élevée à hauteur de l'épaule, ce qui paraissait être un stylet, et dans sa main gauche une tablette reposant sur son genou, sur laquelle était fixé son regard. Le long de l'équateur de la sphère sur laquelle elle était assise, étaient disposés, les uns à la suite des autres, huit groupes de huit carreaux à la surface brillante, de couleur blanche ou noir, sans régularité apparente.

Sur le rebord circulaire de la fontaine était gravée la phrase « *Merci d'avoir répondu à cette invitation.* » Comme si cette phrase s'adressait directement à nous, je ne pus m'empêcher de dire à Jessi-K « Avions-nous vraiment le choix ? » Un peu plus loin sur le bord de la fontaine, était écrite une autre phrase : « *Observer sans cesse.* »

—Peut-être s'agit-il d'indices sur la manière de découvrir les lois qui nous gouvernent... suggéra-t-elle.

Au centre de l'attroupement, nous reconnûmes Loui-J, et dans la foule nous aperçûmes Kar-N et Mich-L. Sans toutefois les haranguer, Loui-J s'adressait au groupe de personnes qui l'entouraient et nous entendions des bribes de phrases entrecoupées par les murmures ambiants : «... indique la voie ... il faut obéir... ce qui est bon pour nous ...chercher à comprendre... » Les gens écoutaient calmement, certains opinaient de la tête, certains au contraire ne semblaient pas d'accord, d'autres étaient sans réactions, mais tout le monde était calme.

Mich-L et Kar-N nous accueillirent avec le sourire.

—Nous nous faisions du souci pour vous, car nous vous avons attendu en vain à l'endroit convenu, dit Kar-N.

Puis elle entreprit de nous raconter leur visite du cloître.

— Une seule porte semblait ouverte, et un escalier conduisait au dernier étage de la bâtisse. Nous sommes entrés dans une pièce, dont une fenêtre donnait sur la salle principale, dans laquelle deux serveurs s'affairaient auprès d'une cinquantaine de convives occupés à manger en silence. Dans la pièce où nous étions, il n'y avait qu'une table et des chaises avec trois couverts et sur chaque assiette une pomme, que nous nous sommes empressés de manger car nous avions faim. Comme nous étions perplexes et nous nous interrogions sur la conduite à tenir, une porte s'est ouverte et un serveur est entré. On aurait dit celui qui nous avait servi avant notre départ, ou bien son frère jumeau. Il portait un panier dans lequel il y avait trois pommes. D'un geste de la main il nous a salués, et a déposé le panier sur la table, puis il est parti sans rien dire. Instinctivement, Loui-J a pris une pomme et désignant les fruits, il nous a dit : « Il en reste encore... » Comme il prononçait ces mots, nous avons entendu sa voix amplifiée résonner dans la grande salle du bas. Alors Loui-J nous a regardés, après un instant il a souri légèrement et a dit : « J'ai compris »; sans nous attendre il est sorti précipitamment par la porte qui nous avait permis d'entrer. Nous avions encore faim. Mich-L et moi avons mangé ces pommes, puis nous avons inspecté les lieux. La porte par laquelle était passé le serveur était verrouillée, et au bout d'un moment nous n'avons rien trouvé de mieux à faire que de ressortir par là où nous étions arrivés. À notre grand étonnement, Loui-J n'était pas au lieu de rendez-vous. La nuit allait tomber et vous n'arriviez pas, nous avons poursuivi notre chemin jusqu'à la route. Alors que nous marchions, un taxi s'est arrêté à notre hauteur. C'était une petite fourgonnette, et il y avait déjà trois personnes dedans. Nous sommes montés, et il nous a déposés au pied d'un petit immeuble avec un digicode. Nous avons tapé les lettres L et N, et à l'étage, il y avait deux petits appartements qui paraissaient nous attendre.

Loui-J, qui semblait avoir fini sa discussion, nous aperçut et s'approcha.

Il souriait, et venait à nous bras écartés.

— Bienvenue en ces lieux... déclara-t-il un peu à la manière d'un hôte recevant ses invités, je suppose que vous avez compris, vous aussi, ce que nous faisons ici.

Nous étions un peu interloqués, et tardions à répondre ; il reprit sans attendre :

— De toutes façons, j'exposerai ici même, demain à la même heure, ce que j'ai trouvé.

Puis il fit un petit signe de la main, et il s'éloigna en se mêlant aux autres passants.

Nous regardâmes Loui-J partir, et pendant un court instant, j'eus le sentiment fugace d'apercevoir un visage connu dans la foule. Après un moment d'hésitation, nous nous installâmes autour d'une petite table libre sur laquelle un parasol étendait son ombre bienfaisante. Sans que nous n'ayons rien demandé, une jeune femme au visage impassible déposa quatre verres de jus de pomme sur la table et disparut.

— Vous croyez qu'il a trouvé la réponse ? demanda Kar-N

— Qui ?

— Loui-J ; il dit qu'il sait pourquoi nous sommes ici et ce que nous y faisons reprit Kar-N.

— Apparemment, nous aurons demain la réponse à cette question obsédante, dit Mich-L

J'étais perplexe, mais très impatient de savoir ce que Loui-J avait à nous dire.

24 - TANDEM

Alix arriva cinq minutes en retard pour le déjeuner.

— Excuse-moi, d'habitude tu n'arrives pas vraiment en avance... Enfin je veux dire tu es souvent à la bourre... bafouilla-t-il aggravant ainsi son cas.

— C'est vrai, répondit Pierre, mais je voulais m'assurer que nous avions une table isolée pour discuter en paix.

— Puisque nous n'allons pas discuter de travail, et que tu veux être tranquille, j'en déduis que tu as un plan d'enfer à me proposer. C'est pour une plongée ou une sortie à la voile ?

— Tu as presque tout deviné, répondit Pierre en riant, mais si l'on passait commande avant d'entrer dans le vif du sujet ?

Au dessert, Alix, complètement ébahi, ne songeait même pas à reprocher à Pierre son mensonge sur l'objet du déjeuner. Il réfléchissait intensément.

— Je ne sais pas si c'est réalisable, dit-il au bout d'un moment, mais nous allons essayer...

— Voilà comment je vois les choses : il y aura trois projets qui devront rester distincts et indépendants aussi longtemps que possible. Officiellement deux des projets seront développés chacun en vue de répondre aux besoins d'un client particulier. Le troisième projet, sera supposé être un projet interne, visant à améliorer les rapports sociaux dans notre compagnie. C'est à nous qu'il reviendra d'affiner les spécifications de chacun des projets au fur et à mesure de leur avancement et de préparer leurs futures interfaces.

Hervé sera en charge de l'équipe qui doit développer un logiciel sophistiqué d'extraction de connaissances, Candice sera en charge de développer un système multi-agents. Enfin à un moment donné, nous aurons besoin de compétences en psychologie de groupe, et psychologie des individus.

Alix s'attendait plus ou moins à la suite...

— Comment va ton épouse ?

Il décida de ne pas aider Pierre.

— Elle va très bien merci...

— Elle est toujours psychologue ?

— Oui, oui, elle est très psychologue, c'est une femme qui sait observer les situations, répondit Alix d'un ton neutre et toujours décidé à laisser Pierre se dépatouiller.

Pierre but une gorgée de vin et se lança :

— Non, je voulais te demander si elle exerce toujours... Il me semble qu'elle doit avoir les connaissances nécessaires pour nous aider... n'est-ce pas ? Peut-être est-elle disponible...

Alix hésita un instant avant de répondre :

— Oui, c'est vrai, professionnellement Maude exerce en psychologie clinique, mais elle a aussi un diplôme universitaire de psychologie sociale... Et elle a pris une année sabbatique pour savoir où elle en était et faire le point. Mais d'abord je ne sais pas si elle souhaiterait s'intégrer à un projet, ni si elle serait d'accord pour travailler avec nous... donc avec moi... De plus je ne suis pas convaincu que je serais très à l'aise de travailler avec elle si je connais les tenants et les aboutissants de ce que nous voulons faire, et qu'elle n'en connaisse qu'une partie. Je vais lui en parler, mais il nous faudra sûrement un peu de réflexion.

— Je comprends... de toute façon, pour le début de cette phase-là, nous avons un peu plus de temps devant nous.

Lorsque Pierre regagna son bureau, l'écran de veille de son ordinateur n'était cette fois pas figé. Mais, au bas de l'écran stylisé du premier ordinateur baladeur, on pouvait voir s'afficher la suite de uns et de zéros qu'il connaissait, et on pouvait discerner sur l'écran suivant une autre suite similaire. Utilisant les propriétés ludiques du petit logiciel, il cliqua sur l'ordinateur baladeur, et après un zoom, la figure de l'écran de l'ordinateur suivant prit la place de la précédente. On pouvait lire sur celui-ci la suite « 00111101 ». Il ne fallut pas longtemps à Pierre pour calculer que cette suite était le nombre 61 exprimé en langage binaire.

25 - SCINTILLEMENTS

Nous décidâmes, Jessi-K et moi, de continuer à visiter les lieux. Vers la fin de l'après-midi, nous étions arrivés près d'une petite colline en bordure de la cité, qui paraissait la dominer. Un chemin, ou plutôt une petite route en terre battue semblait nous proposer une promenade. Nous commençâmes à la gravir alors que le soleil se couchait. Au sommet, il y avait une tour ronde en pierre, d'une douzaine de mètres de haut, surmontée d'un dôme. A quelques mètres de là, comme une invitation à la contemplation, il y avait un petit banc qui faisait face à la ville. L'obscurité arrivait, et les lumières des façades des petits immeubles commençaient à apparaître. Nous restâmes jusqu'à ce que la nuit prenne possession des lieux. Nous étions silencieux perdus dans la contemplation du scintillement des lumières de la ville, quand Jessi-K remarqua :

— C'est étonnant toutes ces lumières, en fait elles ne scintillent pas, elles clignotent...

Et en effet, alors qu'elle disait cela, je me rendis compte du ballet incessant des lumières qui s'allumaient et s'éteignaient, sur les façades de chaque immeuble.

La Lune se leva, et nous profitâmes de sa clarté pour redescendre.

Nous arrivâmes à ce que nous commencions à appeler « notre immeuble » et chacun rentra dans son appartement.

Alors que je parcourais les pièces, je m'aperçus d'un détail dont je n'avais pas encore pris conscience. Chaque fois que je pénétrais dans une pièce, la lumière s'y allumait, et chaque fois que je quittais cette pièce, elle s'éteignait.

Par la fenêtre, je distinguais les façades des immeubles voisins, dont les lumières, à chaque étage, ne cessaient de se déplacer. Quand je fus sur le point de m'endormir, celles de l'appartement s'éteignirent d'elles-mêmes...

Le lendemain matin, Kar-N, Jessi-K, et Mich-L, frappèrent à ma porte.

— Serais-tu d'accord pour une réunion autour d'un petit déjeuner ? demanda Kar-N.

Je les fis entrer et nous nous installâmes.

— Loui-J n'est pas avec vous ? demandai-je.

— Nous supposons qu'il habite l'appartement J ; nous avons frappé à la porte hier soir, et aussi ce matin, mais il n'y avait pas de réponses...

Kar-N reprit :

— Je ne sais pas ce que Loui-J a trouvé, mais moi je suis dans le brouillard...

— Moi aussi, dit Jessi-K, et les lumières de toutes ces façades qui clignotent la nuit ne m'éclairent pas plus, ajouta-t-elle en souriant.

— D'autant plus que celles des pièces de nos appartements s'éclairent et s'éteignent, sans que nous ayons besoin d'intervenir, complétai-je.

Mich-L intervint :

— En ce qui concerne les immeubles, avez-vous remarqué que pour chacun d'eux, à chaque façade, et à chaque étage, il y a neuf fenêtres ? Il y en a huit également espacées, et une neuvième au bout de la rangée, un peu à l'écart.

Puis, changeant de sujet, il demanda :

— À votre avis, le serveur et la serveuse que nous avons vus dans les cloîtres que nous avons visités après notre sortie, sont-ils les mêmes que ceux qui nous ont servis dans celui où nous étions prisonniers ? Ou bien sont-ils des sosies ? Et dans ce cas en combien d'exemplaires existent-ils ?

— Hier dans la foule il m'a semblé voir, pendant un bref instant, le visage du serveur, indiquai-je.

— J'ai aussi cru apercevoir celui de la serveuse sur la place en fin d'après-midi ajouta Kar-N.

Nous nous tûmes pendant un moment, chacun plongé dans ses réflexions.

Puis, Jessi-K rompit le silence :

— Je ne sais pas pourquoi, mais j'ai l'impression que si nous arrivons à découvrir pourquoi nous avions un auréole au-dessus de la tête, nous aurons franchi un grand pas dans notre quête.

— Finalement, à l'exception de nous-mêmes qui portions le halo, pour le moment nous n'avons revu personne de notre cloître à l'extérieur, dit Kar-N, peut être ce halo était-il un attribut nécessaire pour que nous puissions sortir...

— Et ne pas disparaître... Car la menace était claire ! ajoutai-je.

—Si nous suivons l'hypothèse de Kar-N reprit Jessi-K, alors dans ce cas les halos ne marquent pas un attribut physique, puisque de toutes façons ils ont disparu et rien ne semblait nous distinguer des autres dans notre apparence.

— Peut-être les halos ont-ils été distribués à la suite d'un tirage au hasard, suggéra Mich-L.

— Ce n'est pas impossible, répondis-je, mais dans ce cas quel rapport avec le déterminisme apparent des événements qui nous ont conduits ici ?

Le petit déjeuner s'éternisait, et le moment arriva où nous devions aller écouter ce que Loui-J avait à dire.

26 - ADDITIONS

Pierre était fatigué et n'avait pas envie de rentrer chez lui. Il était bien invité pour l'apéritif chez des amis décidés à le « resocialiser », mais il n'était pas d'humeur à cela. Il ne se sentait plus vraiment malheureux, mais il n'était pas heureux non plus. Certes il avait la lourde responsabilité d'un projet essentiel et fascinant, et cela le stimulait, mais il sentait bien que la manière dont il menait sa vie n'était pas... harmonieuse.

Ses pensées se tournèrent à nouveau vers Aloïs. C'était un homme qu'il aimait et qu'il respectait. Parfois son discours pouvait paraître aride, presque ennuyeux ; mais Aloïs était un agitateur d'idées intéressantes. Il sentait confusément qu'il pourrait y trouver des sources d'inspiration et son intuition le poussait à parler au vieux professeur. Et cette fois-ci, peut-être aurait-il quelques idées sur ces irritantes suites de zéros et de uns produites par le logiciel qu'il lui avait fourni. Mais était-il normal de préférer aller prendre le thé avec lui que l'apéritif avec ses amis ?

Aloïs semblait toujours content de voir Pierre débarquer chez lui, et celui-ci avait le rare privilège de pouvoir lui rendre visite sans se faire annoncer. Toutefois, afin de respecter le calme nécessaire à une personne de son âge, il s'efforçait de lui rendre visite en fin d'après-midi ou en tout début de soirée, en général à peu près aux mêmes heures, quand ses obligations professionnelles le lui permettaient.

A chaque fois, le cheminement de la pensée d'Aloïs l'intriguait. Tout en préparant du thé, Pierre déclara :

— En nous quittant la dernière fois, vous m'avez parlé de

révélateur d'isomorphisme... Eh bien, je ne suis pas sûr d'avoir entièrement compris ce que vous avez voulu dire, ajouta-t-il, s'abritant lâchement derrière cette litote.

Au-dehors, dans une symphonie de craquements, sifflements et chocs, un camion grue avait entrepris de décharger en bordure de rue, d'imposants blocs de béton probablement destinés à la transformation du carrefour, situé non loin de là, en rond point.

Après un bref coup d' œil à la scène, Aloïs répondit :

— Dans ma jeunesse, j'avais un professeur de mathématiques qui commençait son cours par la proposition suivante : « Les humains se divisent en 3 catégories : ceux qui savent compter, et ceux qui ne savent pas compter ».

Puis il prit cinq morceaux de sucre auprès de la bouilloire, les disposa sur le guéridon, et il saisit la revue sur laquelle il avait griffonné la formule de Newton lors de la visite précédente de Pierre.

Il disposa alors sur le magazine trois morceaux de sucre au-dessus de la formule, et en disposa deux au-dessous de la formule.

— Combien y a-t-il de morceaux au-dessus de la formule ?

— Trois...

— Bravo ! Et combien au-dessous ?

— Deux... répondit Pierre qui commençait à se demander si Aloïs le prenait pour un crétin.

Le petit jeu continua.

— Maintenant, dit Aloïs, je vais te montrer comment savoir combien il y a de morceaux sur la feuille de papier.

Il rassembla tous les morceaux au bas de la page et se mit à compter « un, deux, trois, quatre, cinq. » Pierre se disait que s'il n'avait pas connu Aloïs depuis si longtemps, il aurait pensé que le vieux monsieur commençait à perdre la tête. Celui-ci continua :

— Bien sûr, il aurait été plus simple de procéder ainsi, et il écrivit : « $3+2=5$ ».

A nouveau, Pierre ne comprenait pas où son vieil ami voulait en venir, mais Aloïs poursuivait :

— On pourrait dire qu'en écrivant cette petite addition j'ai créé une image de mon opération sur les morceaux de sucre, que j'ai couchée sur le papier. Mais c'est mieux qu'une image...

— Pourquoi donc ?

— Imaginons que je veuille ajouter les cinq morceaux de sucre que je viens de dénombrer, à cent trente-deux mille trois cent quarante-trois morceaux existants dans un entrepôt. Si je devais procéder en regroupant les morceaux de sucre et en les comptant, l'opération serait plutôt malaisée et longue, voire impossible. Il vaut mieux écrire 132 343 + 5 = 132 348 morceaux de sucre. Ainsi mon image, non seulement représente l'opération que j'aurais pu faire de regrouper et de recompter les morceaux de sucre, mais elle me permet d'obtenir le résultat « à la place » de ce processus. Je n'ai plus besoin de manipuler des morceaux de sucre pour savoir ce qu'il va se passer. Mieux que ça, si au lieu d'avoir du sucre j'ai des blocs de béton, intransportables, je peux tout aussi bien connaître le résultat de l'association de mes deux stocks de blocs.

En d'autres termes, dans le monde de mes additions écrites, je peux simuler et prévoir ce qu'il se passe dans le monde physique de la gestion de mes morceaux de sucre et blocs de béton. Je suppose que tout cela te paraît évident, non ?

— Oui...peut être, répondit Pierre évasivement.

— Il existe entre le monde physique de mes stocks de morceaux de sucre ou de béton et celui de mes additions de morceaux de sucre ou de béton ce que l'on appelle un isomorphisme. Les mathématiciens, comme à leur habitude, définissent cela de manière beaucoup plus rigoureuse. Mais, pour faire simple, on peut dire qu'on se trouve en présence d'un isomorphisme, quand, pour une opération donnée, on peut simuler dans un monde (celui des additions par exemple), ce qui se passe dans un autre monde (celui des morceaux de sucre ou des blocs de béton par exemple), tout en étant certain que les résultats obtenus dans l'un ou l'autre monde sont toujours en parfaite correspondance. Pour prévoir, agir, et prendre des décisions, il ne reste plus qu'à utiliser le monde dans lequel les manipulations sont les plus faciles, voire même les seules possibles. Ces deux mondes ne sont pas identiques, et *d'une certaine manière on peut même dire qu'ils n'ont rien à voir l'un avec l'autre*. Pourtant, *ils ont la même structure*, et on peut considérer qu'ils sont équivalents en ce qui concerne la relation considérée (dans notre exemple : ajouter). On peut alors choisir d'évoluer dans celui qui nous convient le mieux.

Ainsi je peux choisir d'utiliser le monde de mes additions, plutôt que de mettre ensemble des blocs de béton pour les compter.

Le camion grue avait fini ses bruyantes opérations et était reparti.

Pierre s'apprêtait à poser une question, quand à sa grande surprise, Aloïs regarda sa montre et déclara :

— Pour continuer cette intéressante discussion, il faudra que tu reviennes me voir, car je dois sortir...

— Si vous avez une course à faire, voulez-vous que je vous accompagne ?

— Non, non, j'ai un rendez-vous, dit-il en souriant.

Puis, désignant par la fenêtre une Renault blanche arrêtée devant la porte de son immeuble, il ajouta :

—Mon taxi habituel m'attend.

Avant de partir, à tout hasard, Pierre montra à Aloïs la nouvelle suite produite par le logiciel de veille.

Aloïs se contenta de dire :

— C'est le nombre 61 exprimé en binaire. Ma version du logiciel ne produit rien de tel.

En sortant de l'immeuble, Pierre indiqua au chauffeur du taxi, que la personne se préparait, et lui demanda de patienter un peu.

— Pas de problème, répliqua le chauffeur, nous nous connaissons bien, et il fait tous ses déplacements avec moi. C'est un vieux monsieur charmant.

Pierre sourit, et se dirigea vers sa voiture, tout en espérant que le rendez-vous tardif d'Aloïs n'était pas lié à un problème de santé.

La pluie s'était mise à tomber, et bien qu'il ait encore un document à lire le soir même, il pensa qu'après tout il avait encore le temps d'aller partager un verre avec ses amis soucieux de sa vie sociale. C'est alors qu'il se rendit compte qu'il avait laissé au bureau la clé USB contenant le document qu'il devait avoir lu pour sa réunion du lendemain matin. Après une courte hésitation, il retourna vers son lieu de travail. Alors qu'il s'approchait du bureau, il dut freiner brutalement, gêné par un taxi blanc, venant en sens inverse et qui voulait éviter un cycliste. « Le blanc à l'air de devenir à la mode chez les taxis, et même les chauffeurs se ressemblent. Tout comme dans le prêt-à-porter, il doit y avoir des tendances... » pensa-t-il.

27 - DISCOURS

La place était toujours fréquentée par une foule calme, apparemment indifférente et désœuvrée. Mais, comme la veille, les gens parlaient à voix basse, et l'atmosphère ne semblait pas détendue.

Loui-J était monté sur le rebord de la fontaine, et d'une voix impérieuse invitait les gens à approcher et à écouter ce qu'il avait à dire. Lorsqu'un groupe compact et suffisamment important fut formé auprès de lui, il tint un curieux discours.

Il commença par des questions :

— Qui parmi vous sait la raison pour laquelle il se trouve ici ?

Les gens ne réagirent pas, alors il formula la question inverse.

— Qui parmi vous ignore la raison pour laquelle il est ici ?

Quelques mains commencèrent à se lever dans la foule, suivies d'autres, et au bout de quelques instants, il me sembla que tout le monde levait la main, y compris nous-mêmes.

— Où étiez-vous, avant de prendre conscience du monde qui nous entoure ? D'où venons-nous ? Où allons-nous ? Pourquoi faire ? Et qui a construit cette ville ?

La foule ne réagissait pas. Toutefois un homme pris la parole et lui répondit :

— Les bâtiments, les bus, les routes, toute cette ville a été construite par les gens qui nous ont précédés...

— Oui, mais avant eux ? Qu'y avait-il ? Il est clair que quelqu'un a créé tout ça... Un créateur, qui se préoccupe de nous, qui a créé notre monde, et qui subvient à nos besoins... continua Loui-J. Et nous même, qui nous a créés ? Il faut bien un début à tout !

Une femme intervint :

— S'il faut un début à tout, il faut aussi un début au créateur, alors y a-t-il un créateur du créateur ?

— Et dans ce cas, continua un autre, il lui faut aussi un créateur du créateur du créateur, et on peut continuer jusqu'à l'infini.

Loui-J ne se laissa pas démonter et il répondit :

— Non, le créateur n'a pas été créé, le créateur a toujours été là...

La foule semblait se partager, certains approuvant ce que disait Loui-J, d'autres se rangeant à l'avis de ses contradicteurs. Une autre femme prit la parole :

— S'il n'a pas de début, et s'il a toujours été là, il existe depuis un temps infini...

— Oui, confirma Loui-J.

— Alors cela veut dire qu'il a attendu un temps infini avant de nous créer, nous et ce qui nous entoure, et elle ajouta en souriant, on peut se demander ce qu'il faisait pendant tout ce temps infini... cela a dû lui paraître long...

Sans savoir pourquoi, je ne pus m'empêcher de penser que, à tout prendre, je préférais encore l'idée d'une itération infinie de créateurs de créateurs plutôt que celle d'un créateur unique ayant vécu un temps infini dans le passé et n'ayant rien fait pendant une éternité.

Loui-J semblait contrarié, apparemment, il n'avait convaincu qu'une partie de l'assemblée qui l'avait écouté.

L'attroupement qui s'était constitué pour l'entendre se dispersa en partie, mais une vingtaine de personnes semblait rester autour de lui, manifestant leur approbation à ce qu'il avait dit.

Nous déambulâmes pendant un moment sur la place, et d'après les bribes de conversation que nous pouvions entendre, les avis étaient partagés. Puis nous décidâmes de nous installer à la table d'une terrasse.

Au bout d'un moment, Mich-L déclara :

— Au moins ça a le mérite de la simplicité...

— Quoi donc ? interrogea Kar-N.

— L'explication de Loui-J...

— Oui c'est vrai, dis-je, mais à moins d'arriver à rencontrer en personne ce fameux créateur, ça ne nous avance pas beaucoup...

Nous en étions là de nos réflexions, quand Loui-J, qui passait non loin de là, nous aperçut et vint s'asseoir avec nous.

—Que pensez-vous de mes découvertes, dit-il en souriant.

—Tu mentionnes des découvertes, dit Jessi-K, raconte-nous vite ce que tu as trouvé et qui t'as mis sur la voie, dit-elle d'une voix qui trahissait une impatiente curiosité.

— Lorsque nous avons visité le cloître avec Mich-L et Kar-N, au moment où le serveur nous a présenté des pommes, et que je leur ai dit : « Il en reste encore », nous avons tous distinctement entendu ma voix résonner dans la salle des convives. J'ai alors compris, que nous étions tous l'instrument d'une puissance supérieure, qui nous chargeait de transmettre et mettre en œuvre sa volonté.

Mais j'avais besoin de réfléchir à tout cela par moi-même, et je suis parti. J'ai longtemps marché sur la route. Puisqu'il y a une puissance supérieure, capable de nous utiliser à ses fins, il est clair que c'est elle qui est responsable de nous et de tout ce qu'il nous arrive. Elle nous a donc créés, et notre raison d'être est de la servir. Puis un bus s'est arrêté et m'a amené jusqu'ici.

— Mais l'as-tu rencontrée ? demandai-je.

— Qui ?

— Cette puissance supérieure…

— Non, ou plutôt si, on peut dire que je l'ai rencontrée, dans la mesure où je suis capable d'interpréter ses désirs, au travers de ce qui m'arrive et de ce que je vois du monde qui m'entoure. Ainsi on peut même dire que je la rencontre tous les jours…

— Mais pourquoi cette puissance ne se manifeste-t-elle pas directement en nous expliquant ce que nous faisons ici et ce qu'elle désire ?

— Parce que c'est sa volonté… Et je suis chargé de faire respecter sa volonté parmi nous… ajouta-t-il avec un sourire qui semblait un peu forcé.

— Mais comment es-tu sûr que tu as raison ? demanda Kar-N

Loui-J resta un moment silencieux sur sa chaise, semblant réfléchir, puis il répondit :

—Parce que j'en ai la conviction… parce que je sais… Et je suis sûr que vous aussi, vous finirez par admettre son existence et la servir.

Puis il se leva et quitta la table avec un petit signe de la main en guise d'au revoir.

Après un moment de silence, Mich-L déclara :

— Ce qui m'étonne, ce ne sont pas tellement ses croyances, (après tout pourquoi pas ?), mais le peu d'éléments sur lesquels elles s'appuient...

— Moi, ce que je trouve bizarre, c'est qu'il n'a pas de réponses quand on lui demande pourquoi il est tellement convaincu que son explication est correcte, dit Kar-N.

— Les convictions sont des matelas confortables sur lesquels l'esprit paresseux peut s'assoupir..., murmura Jessi-K.

— Je crois qu'il nous faut continuer à chercher chacun de notre côté des informations intéressantes, et mettre tout cela en commun afin d'y voir plus clair, conclu Mich-L.

La proposition était bonne, et nous convînmes de nous revoir le lendemain au petit déjeuner pour faire le point.

28 - AGENTS

Le jour suivant, Pierre proposa à Candice de se joindre à Alix et lui pour le déjeuner.

Une fois installée, elle demanda :

— Alors ? On va s'occuper d'abeilles, de guêpes, ou bien de frelons ?

L'action créative provoquait chez Candice une forte jubilation ; mais c'était aussi une personne chez qui l'émotionnel et le rationnel cohabitaient de manière particulièrement cohérente. Ainsi, sans même le savoir, elle donnait à ses interlocuteurs la perception piquante d'une jeune femme mue par une intense vivacité et pourtant dotée d'une grande sérénité.

— Avant d'aborder le sujet, répondit Pierre, pouvez-vous nous parler un peu des systèmes multi-agents ?

Candice réfléchit quelques instants pour rassembler ses idées puis elle commença :

— Tout d'abord, il convient de préciser ce que, dans ce domaine, on appelle un agent. C'est une entité, par exemple un robot ou bien une entité informatique, dotée d'un ensemble d'attributs programmés par ses concepteurs...

Chaque agent possède un ensemble de « perceptions ». Si c'est un robot, les perceptions sont les signaux transmis par des capteurs, s'il s'agit d'une entité informatique, les perceptions sont constituées par des messages qu'il reçoit de son environnement virtuel, ou bien de la part d'autres agents, quand ceux-ci sont conçus pour communiquer entre eux.

Le serveur arriva. Elle s'interrompit pour commander un magret de canard, et après s'être éclairci la voix, elle reprit :

—Chaque agent possède en outre, un ensemble de « connaissances » sur la nature de son environnement, et un ensemble de règles de « raisonnement » qu'il peut utiliser.

Il est aussi doté d'un ensemble « d'actions » réalisables telles que, se déplacer dans son environnement, envoyer des messages, mettre à jour ses connaissances etc. et ceci en fonction de « tendances » ou de « buts » qui lui ont été assignés.

Pierre était captivé, mais il n'aurait pu dire si c'était par le sujet ou par l'assertivité et la vivacité qui émanaient de ce visage angélique. Il entreprit de remplir son verre sans parvenir à la quitter des yeux. Elle réprima un sourire pendant qu'il épongeait les conséquences de sa tentative avec une serviette en papier, mais elle continua :

—Un agent a la possibilité d'associer à chaque combinaison de connaissances et de perceptions une ou plusieurs actions parmi celles qui lui sont possibles.

Il est doté d'un système d'évaluation lui permettant de classer ces actions par ordre de performance ou d'utilité, ce qui lui permet de choisir d'effectuer les actions jugées les plus performantes par rapport aux objectifs pour lesquels il a été programmé.

— On peut donc dire, résuma Alix, qu'un agent est un robot réel ou virtuel évoluant par lui même dans un environnement réel ou virtuel.

— Oui, et pour parler un langage plus familier, on peut aussi dire que c'est une entité informatique qui a des capacités d'autonomie (car il peut réagir sans intervention humaine), de réactivité et d'interaction avec son environnement (qu'il peut percevoir et modifier), d'initiative (car il agit selon les tendances et les buts dont on l'a doté), et éventuellement de sociabilité quand il peut communiquer et interagir avec d'autres agents. Les jeux vidéo utilisent souvent de tels systèmes... Mais on peut aussi les utiliser pour étudier des comportements de groupes. Par exemples des groupes d'agents très simples pourront modéliser le comportement de colonies de bactéries.

Elle prit le temps de savourer son magret, et poursuivit :

— L'étude des insectes sociaux, nécessite des environnements et des colonies d'agents virtuels plus compliqués. Comme je l'ai indiqué à Pierre lors de notre première rencontre, on s'aperçoit qu'il est possible de reproduire le comportement d'une colonie réelle, en programmant les agents avec des comportements élémentaires, sans qu'aucun de ces comportements n'ait une quelconque référence directe aux finalités de l'ensemble de la colonie. Lorsqu'on observe la colonie dans son ensemble, on voit apparaitre ce qu'on appelle un « comportement émergeant» ; tout se passe comme si la colonie avait une intelligence collective lui permettant d'assurer sa pérennité sans qu'aucun des agents qui la composent, n'ait « conscience » des buts de la colonie.

29 - BANQUISE

Jessi-K arpentait la place d'un pas nonchalant, observant les gens, scrutant les visages, essayant de deviner leurs pensées au travers de leurs actions. Ils se ressemblaient, mais étaient tous différents.

Puis une idée évidente s'imposa à elle, tellement évidente qu'elle se demanda pourquoi ni elle, ni ses compagnons n'y avaient pensé avant.

Il fallait connaître l'histoire des gens qui l'entouraient, et pour cela il fallait essayer d'échanger avec d'autres personnes que ses compagnons de cloître.

A une terrasse elle avisa une jeune femme attablée devant un grand verre de jus de pomme. Absorbée dans ses pensées, la main gauche au niveau du col de son chemisier, elle faisait rouler machinalement quelque chose entre ses doigts et semblait observer les passants avec attention. Sans vraiment savoir pourquoi, Jessi-K eut envie de l'aborder. Elle s'assit à une table voisine et on lui servit aussi un jus de fruit. Elle se rendait compte qu'elle ne savait comment s'y prendre... Le seul souvenir qu'elle avait d'avoir parlé à un inconnu était aussi un de ses plus anciens, quand elle avait proposé de l'eau gazeuse à Tier-I, lors de ce repas qu'elle appelait en elle-même « Le Repas Originel ».

Le plus simple était de se lancer sans façon...

— Bonjour, dit-elle, je m'appelle Jessi-K, est-ce que ça vous dérangerait de parler un petit peu avec moi ?

La jeune femme, interrompue dans ses pensées, tressaillit légèrement, se tourna vers elle, la dévisageant l'air un peu surpris. Puis son visage se détendit, elle esquissa un sourire, et lui dit :

— Que voulez-vous savoir, ou me dire ?

— Si ça ne vous dérange pas, j'aimerais savoir comment vous êtes arrivée ici.

— Eh bien, je crois que je m'appelle Veronic-A. Mon plus vieux souvenir est très récent... environ une semaine... Je me suis retrouvée, à un repas, dans une sorte de cloître régi par des règles strictes, dont nous ne pouvions pas sortir et où j'ai vécu quelques jours avec d'autres personnes...

— Je vois, et au bout de quelque temps vous vous êtes aperçus que certaines des personnes avaient un halo au-dessus de la tête...

— Non, je n'ai vu personne avec un halo... En fait, dans le cloître il y avait une cour, et la seule issue semblait être une porte dans le mur de cette cour. En franchissant cette porte, on arrivait sur la berge d'un petit lac entourant tout le cloître. L'eau était glaciale et il n'y avait nulle embarcation en vue... À un moment, un bloc de glace est apparu, flottant non loin du cloitre. Le premier jour, je suis sortie, à plusieurs reprises, et j'ai vu que la glace grossissait presque à vue d'œil. En une douzaine d'heures, le bloc de glace s'était développé de façon telle que la glace avait recouvert tout le lac.

— Vous avez alors décidé de franchir le lac en marchant sur la glace pour savoir ce qu'il y avait de l'autre côté ?

— Oui, mais ce n'était pas si simple que cela... Au début, comme la porte dans le mur de la cour était ouverte, tous les hôtes du cloître ont pu constater le phénomène, mais personne n'a osé s'aventurer sur le lac gelé. Mais moins d'une heure après avoir recouvert le lac, la glace avait complètement disparu. Et, peu avant la tombée de la deuxième nuit, il n'a plus été possible de sortir car la porte de la cour, était verrouillée. Pendant le repas du soir, une voix a retenti, nous disant que la surface du bloc de glace triplait toutes les heures, et qu'un bloc seul recouvrait ainsi tout le lac d'une glace solide en douze heures exactement. La voix a ajouté qu'ensuite, au bout d'une demi-heure la glace disparaissait.

— Saviez-vous si le phénomène recommencerait ?

— Ce soir-là non... Dans ma chambre, j'ai trouvé un message me disant qu'il y avait du danger à rester, et que ceux qui le pouvaient devaient essayer de partir. Il y avait aussi une devise parlant de corde et de maîtriser son sort par des efforts...

— « *Ceux qui tiennent la corde, pourront par leurs efforts*

118

Sans jamais la lâcher, bien maitriser leur sort » murmura Jessi-K.

— Exactement, opina Veronic-A, qui ne sembla pas surprise de l'intervention. Le troisième soir, reprit-elle, à la fin du repas, une voix a à nouveau retenti, disant que la glace commencerait à réapparaître sous forme de blocs, à 22 heures précises, il y aurait trois blocs, chacun serait identique à celui que nous avions vu, chacun d'eux triplant de surface toutes les heures, et ayant la capacité à lui seul de recouvrir le lac en douze heures. Lorsque chacun des blocs aurait suffisamment grandi, pour qu'avec les deux autres ils recouvrent tout le lac, la glace serait solide pendant trente minutes. La voix ajouta, que ceux qui devaient s'en aller, n'auraient qu'une seule chance et devraient se présenter à la porte à l'heure précise qu'ils auraient choisie, sans prévenir ni parler à personne.

— Donc, dit Jessi-K., si j'ai bien compris, vous saviez qu'un seul bloc recouvrait tout le lac en 12 heures, il y avait maintenant trois blocs apparaissant à 22 heures, dont la surface triplait toutes les heures, et vous ne pouviez essayer d'accéder au lac qu'une seule fois. Il fallait donc choisir la bonne heure.

— Oui, quand je suis rentrée dans ma chambre, je pensais qu'il faudrait que je parte de nuit, quatre heures après l'apparition de la glace puisqu'il y avait trois blocs, et qu'un seul bloc recouvrait le lac en 12 heures. La perspective de partir marcher sur la glace en pleine nuit à deux heures du matin ne me réjouissait guère. Mais, alors que je luttai contre le sommeil pour ne pas m'endormir et risquer ainsi de rater l'heure, j'ai subitement compris que mon calcul était faux. J'ai su avec certitude*** à quelle heure je devais partir. Je me suis endormie par ce que j'avais le temps... Je me suis présentée le lendemain à neuf heures du matin devant la porte, nous étions une douzaine environ, la porte s'est ouverte, et le lac était entièrement recouvert de glace solide...

***Le raisonnement de Veronic-A :*
Si un glaçon triple de surface toutes les heures, et que seul, il met 12 heures à couvrir le lac, à la 11eme heure il ne couvrira qu'un tiers du lac. Et si il y a trois glaçons, à la 11e heure chacun

couvrira un tiers du lac, donc tous ensemble les trois glaçons couvrent le lac à la 11eme heure.

Nous avons traversé, et dès que nous nous sommes éloignés du lac, la température est devenue beaucoup plus plaisante.

Nous avons cheminé sur un chemin plutôt agréable gravissant une colline, au sommet de laquelle nous avons aperçu d'autres cloîtres...

— Ils étaient situés près d'un petit bois ?

— Non, ils ressemblaient beaucoup à celui d'où nous venions. Chacun d'eux était situé au milieu d'un lac... Nous venions de l'un de ces cloitres, et nous souhaitions percer leur mystère. Nous nous sommes scindés en plusieurs groupes, et avec deux compagnons je me suis approchée de l'un d'entre eux.

Plus nous approchions du lac, et plus la température baissait.

Le lac était libre de toute glace, mais une sorte de petite banquise adhérait à la berge. Lorsque nous nous sommes approchés du bord, il y a eu un craquement, et trois blocs rigoureusement identiques se sont détachés de la berge et ont commencé à dériver vers le cloître. Il n'y avait aucun moyen de s'approcher plus, et nous n'avions plus qu'à rebrousser chemin... Nous avons marché sur une route, et un minibus nous a déposés au bas d'un immeuble, où des appartements semblaient nous attendre.

30 - AUDACE

Pour le dessert, Candice prit un gâteau à la framboise, Pierre commanda une mousse au chocolat, et Alix se contenta d'un café.

Pierre commença alors à expliquer en quoi consistait le projet de Candice.

— Un de nos clients désireux d'étudier les comportements collectifs, nous demande de mettre au point un logiciel permettant de modéliser les évolutions de groupes. Il s'agit de créer un système, ou un ensemble de systèmes multi-agents permettant cette modélisation.

— De quel genre de groupe s'agit-il ?

— Et bien, intervint Alix, c'est là la particularité du projet, il faudrait pouvoir étudier divers groupes, des plus simples aux plus compliqués : disons des bactéries aux mammifères, en passant par les insectes...

Candice regarda alternativement ses deux interlocuteurs, un peu surprise par une demande aussi floue.

— Le moins que l'on puisse dire, réagit-elle, c'est que ce ne sont ni les mêmes comportements individuels, ni les mêmes environnements, ni le même type de relations entre les individus... Et de quelles tailles de groupes parlons-nous ?

— Cela peut aller de quelques dizaines, à quelques milliers d'individus, dit Alix.

— Voire plus... ajouta Pierre.

Bien qu'elle n'en laissa rien paraître, elle était très déçue. Elle pensait que, dans les postes qu'ils occupaient, Pierre et Alix devaient nécessairement être structurés et compétents. Visiblement, ils ne se rendaient pas compte de ce qu'ils demandaient... Il y eut un moment de flottement, durant lequel Candice se concentra sur les framboises noyées dans la crème fraîche de son gâteau, Pierre évalua si sa mousse au chocolat était plutôt pâteuse ou plutôt onctueuse, et Alix touilla son café.

Pierre rompit le silence.

— Notre client a demandé la plus stricte confidentialité, et pour le moment, nous ne savons pas nous-mêmes qui sera l'utilisateur final. Mais il semble prêt à investir énormément sur ce projet expérimental. Dans la mesure où nos dépenses seront justifiées, nous ne devrions pas avoir trop de problèmes de budget.

— Il est clair, dit Alix, qu'un projet tellement flexible et polyvalent, nécessite que le produit final soit entièrement paramétrable. En somme, il faut que le type de population étudiée ne soit pas une caractéristique du produit final, mais que, en fonction des besoins, cela soit indiqué au logiciel au moyen d'un ensemble de paramètres d'entrée.

« ...Plus facile à dire qu'à faire, pensa Candice. »

— De plus, ajouta Pierre, en ce qui concerne les capacités de calcul nécessaires à faire tourner le logiciel, le client semble être disposé à utiliser les ressources disponibles sur le marché, soit directement, soit en location. Le système devra donc pouvoir tourner sur des ordinateurs courants pour les populations simples et peu nombreuses, et sur les plus grosses machines en cas de modélisation de population nombreuse ou sophistiquée.

—Non seulement, reprit Alix, il faudra pouvoir définir les caractéristiques qui pourront être données aux agents virtuels du système, ainsi que celles qui pourront être données à leur mode d'interaction entre eux et avec leur environnement, mais de plus il faudra pouvoir faire évoluer et complexifier ces caractéristiques en fonction des besoins.

Puis il conclut :

— Après avoir étudié le problème, nous formerons une équipe d'analystes et de programmeurs destinée à réaliser le projet.

L'alternance des précisions données par Pierre et par Alix, donnait à Candice l'impression d'écouter une pièce de théâtre en stéréophonie.

Finalement, pensa-t-elle un peu rassurée, ils ont l'air de savoir où ils vont, mais ça ne veut pas dire que cela soit faisable...

— Alors ? demanda Pierre, êtes vous d'accord pour vous

joindre à nous ?

— Le projet me paraît bien difficile et audacieux, répondit-elle, mais passionnant... et qui ne tente rien n'a rien. Bien sûr je serai très heureuse d'en faire partie.

Toutefois, les explications concernant le but et les motifs du projet ne l'avaient pas entièrement convaincue, et sans qu'elle sache vraiment pourquoi l'histoire ne lui semblait pas totalement claire. Mais elle appréciait le défi, et la personnalité de ses deux interlocuteurs lui plaisait.

— C'est un projet difficile et d'une grande ampleur, dit-elle.

Et un peu par provocation elle ajouta :

—J'espère que les astres nous viendront en aide. De quel signe êtes-vous donc ?...

Pierre répondit en premier :

— Je suis du signe du Taureau, mais c'est bien connu, comme tous les natifs du Taureau, je ne crois pas à l'astrologie...

— Quant à moi, dit Alix, je suis Capricorne, mais je ne crois ni en l'astrologie, ni aux fantômes... et ceux-ci ne croient pas en moi...

Candice sourit, et se dit qu'elle avait envie de travailler avec eux...

31 - BRIEFING

Le matin suivant, comme convenu, Jessi-K, Kar-N et Mich-L, arrivèrent chez moi au petit déjeuner, pour faire le point sur nos réflexions.

Tout en dégustant un croissant, Mich-L déclara :

— J'ai observé attentivement les lumières sur les façades... Ainsi que nous l'avons constaté, sur chaque façade il y a huit fenêtres par étage, plus une fenêtre additionnelle, plus petite et légèrement séparée des autres. Apparemment, ces petites fenêtres, ne font pas partie des appartements...

— Peut-être appartiennent-elles chacune à un local technique, suggéra Kar-N.

— Probablement... Mais j'ai longuement observé les séquences d'allumage des différents groupes de fenêtres. Pour chaque groupe, le nombre de fenêtres allumées simultanément est toujours pair. En d'autres termes, si parmi les huit fenêtres des appartements il y en a un nombre impair d'allumées, alors la neuvième petite fenêtre est aussi allumée. Mais si, parmi les huit fenêtres, il y en a un nombre pair d'allumées, alors la neuvième petite fenêtre reste éteinte. L'allumage de ces groupes de fenêtres n'est donc pas aléatoire... Ou, du moins pas complètement... Mais je ne comprends pas à quoi ça correspond ...

Nous restâmes silencieux, chacun essayant de trouver le sens de tout cela.

—Si cela à une signification, il nous manque le décodeur..., soupira Jessi-K.

Au bout d'un moment, comme personne ne réagissait, changeant de sujet Kar-N prit la parole :

— J'ai à nouveau repéré notre couple de serveurs, ou bien leurs sosies... Alors je les ai suivis. Ce qu'il y a de frappant, c'est que contrairement aux autres ils ont toujours l'air occupés. Ils se glissent au milieu des passants, observent et écoutent tout ce qu'il se dit, parfois ils se séparent, et j'ai dû alors choisir lequel suivre, mais ça ne dure pas très longtemps, et ils finissent par se retrouver.

— Ont-ils l'air de se méfier ? demanda Jessi-K, et de surveiller s'ils sont suivis ?

— Non ils n'ont pas du tout l'air inquiet, et semblent se concentrer sur ce qu'ils font.

— Est-ce qu'ils parlent entre eux ?

— Pas beaucoup, ils donnent l'impression de se comprendre à demi-mots...

— Ont-ils un endroit de prédilection ? demandai-je.

— Ils sont surtout sur la place, mais ils ont passé beaucoup de temps à une terrasse où était attablé Loui-J, accompagné d'un homme et d'une femme avec qui il semblait avoir une discussion animée. Je n'ai pas pu entendre ce qu'ils se disaient, car toutes les tables autour étaient occupées, y compris celle située à côté de la table de Loui-J, qui était occupée par le couple de serveurs. Les deux serveurs ne disaient pas un mot... Peut-être écoutaient-ils la conversation se déroulant à la table de Loui-J... Au bout d'un moment, toujours en silence, chacun d'eux a fait apparaître, en le remontant, un collier ras du cou, dissimulé jusque-là sous son vêtement, et chacun a regardé attentivement le collier de l'autre.

— Est-ce que les deux colliers étaient identiques ? demanda Mich-L.

— Ils se ressemblaient ; ils étaient tous les deux formés de huit perles, mais ils étaient différents : Noire, Noire, Blanche, Blanche, Blanche, Blanche, Noire, Blanche, pour l'un, et Noire, Noire, Blanche, Noire, Blanche, Blanche, Blanche, Blanche pour l'autre... Lorsque Loui-J et ses interlocuteurs se sont séparés, les deux serveurs se sont levés, ils se sont dirigés vers la fontaine et, pendant quelques instants, ils ont contemplé intensément la sphère sur laquelle est assise la statue de bronze... Puis ils ont semblé faire une dernière inspection de la place, et sont partis. Ils se sont ensuite dirigés vers l'endroit où le bus nous a déposés. Là, ils sont montés dans un minibus, la femme s'est mise au volant, et ils sont partis sur la route par laquelle nous étions arrivés...

Une fois encore nous restâmes silencieux, essayant de trouver une cohérence à tout cela. Mais ces nouvelles informations ne nous apportaient pas la lumière espérée. Ce fut alors le tour de Jessi-K de raconter sa rencontre avec Veronic-A. Son récit nous intéressa beaucoup, car il montrait que, contrairement à ce que nous pensions, le processus par lequel nous étions arrivés dans la ville n'était pas rigoureusement le même pour tout le monde.

Jessi-K ajouta :

— Il semble bien, que le mécanisme de réflexion imposé dans les cloîtres, serve de filtre, pour déterminer ceux qui sortiront et ceux qui ne sortiront pas.

Quant à moi, j'avais passé du temps à réfléchir au problème des halos, et je répondis :

— Oui, c'est vrai, et de plus, à chaque fois, il semble que le problème soit « complet », la solution peut être trouvée sans avoir à se référer à des éléments extérieurs au problème posé, qui contient ainsi en lui-même tous les éléments nécessaires à sa résolution. Toutefois, entre le problème du halo et celui de la banquise, il y a une légère différence. Notre halo semblait être attribué à certains et pas à d'autres, sans aucune intervention de notre part. Alors que pour traverser le lac, ce qu'il fallait trouver n'était pas un attribut de ceux qui voulaient sortir, mais un phénomène qui leur était étranger...

32 - TRANSMISSION

Sur l'ordinateur de Pierre, le logiciel de veille avait continué ses fantaisies. Trois nouvelles suites de zéros et de uns étaient apparues et, avec les précédentes, cela faisait donc un total de cinq écrans baladeurs successifs affichant chacun une suite de huit caractères binaires, et parfois accompagnée des lettres A et G. Et à chaque fois que Pierre voyait apparaître une nouvelle suite, par association d'idées, il pensait à Aloïs.

Il est vrai que celui-ci lui avait demandé de le tenir informé, et cela donnait à Pierre l'envie de lui rendre visite. Mais, lors des visites précédentes, Aloïs s'était contenté de traduire le nombre en mode décimal et n'avait pas paru y attacher d'importance. Cette fois-ci ne fit pas exception et, pendant que, comme à son habitude, Pierre préparait du thé, Aloïs déclara :

— Nous avons donc cinq suites binaires correspondant aux nombres 70,61, 107,109, et 77... Il y en a probablement d'autres à venir.

Puis il se tut. Devant la mine déconfite de Pierre, il ajouta :

— Tu as l'air déçu. Il est vrai que ce que je viens de te dire ne nous avance pas beaucoup.

Cela me fait penser à une anecdote célèbre qu'avait coutume de raconter un de mes professeurs... de philo... si je me souviens bien :

Un homme assoupi dans un train, se réveille en sursaut de peur d'avoir raté sa gare d'arrivée, et demande à son vis-à-vis « Où sommes-nous ? » Celui-ci s'abîme dans une longue réflexion, et au bout d'un moment il répond « Dans un train... ». Le train arrive en gare, l'homme se lève et, tout en récupérant sa valise, salut son vis-à-vis d'un « Au revoir Monsieur le mathématicien. » Celui-ci, interloqué, lui demande « Comment avez-vous su que j'étais mathématicien ? ». L'homme lui répond « Eh bien, pour 3 raisons : d'abord vous avez longuement réfléchi avant de me répondre, ensuite votre réponse est parfaitement exacte, et enfin elle ne sert absolument à rien. »

— Je soupçonne fortement que vous n'étiez pas tout à fait d'accord avec votre prof de philo, insinua Pierre.

Aloïs sourit, et changea de sujet :

— En fait, la dernière fois, je ne t'ai pas dit les choses en commençant par le bon bout. J'aurais du commencer par l'exemple d'un autre isomorphisme, et celui-ci ne concerne pas directement les mathématiques.

Si on considère le rapport qu'il y a entre la pensée et le langage, ou plus précisément entre la pensée et la parole, on pourrait y voir aussi un isomorphisme, puisque un élément de l'univers de la pensée peut, en principe, être exprimé par un élément de l'univers de la parole, et que le résultat d'un assemblage d'éléments de pensées est en concordance avec celui de l'assemblage des éléments de paroles correspondants. Inversement, lorsque l'on entend les paroles de quelqu'un cela se traduit par des pensées dans notre cerveau...

— C'est une manière de voir les choses, répondit Pierre après un instant de réflexion, mais on peut aussi croire que la pensée n'existerait pas sans la parole, et il est vraisemblable que la parole n'existerait pas sans la pensée... S'agit-il donc vraiment d'un isomorphisme ? Ou bien les deux systèmes, celui de la pensée et celui de la parole sont-ils tellement intriqués qu'ils n'en font qu'un ?

— Vaste débat et qui, je crois n'est pas encore tranché, dit Aloïs. C'est vrai on peut non seulement se demander si la pensée a longtemps préexisté à la parole ou si les deux se sont développés simultanément, mais aussi se demander s'il s'agit de systèmes différents, tant ils ont un rôle structurant l'un pour l'autre. Pourtant, j'incline à croire qu'il s'agit bien de deux systèmes liés par un isomorphisme.

— En tout cas, dit Pierre en souriant, que ce soit par le truchement d'un isomorphisme ou non, je vous propose de reprendre du thé, et je devrais être à même de comprendre votre réponse !

— Volontiers dit Aloïs, et tu as raison, cet exemple-là n'est peut-être pas le plus évident. Alors prenons un autre exemple. La parole et l'écriture. On peut considérer que toute parole peut être écrite, et que tout ce qui est écrit peut être transformé en parole... Voilà une forme d'isomorphisme qui me paraît claire... Je t'envoie une lettre, ou un courriel, et quand tu les lis, tu peux quasiment entendre ma voix qui parle directement dans ta tête. Qu'en penses-tu ?

Après un moment de silence, Pierre répondit,

— Oui, on peut exprimer sa pensée aussi bien dans un système écrit, que dans un système oral. Et on peut non seulement faire une correspondance élément par élément entre les concepts exprimés dans chacun des systèmes, mais il y a aussi une correspondance entre le résultat de la manipulation des concepts dans un système et le résultat de la manipulation des concepts dans l'autre système.

Toutefois, on ne peut pas faire passer l'intonation, l'émotion, ou tout autre sentiment, par écrit, sauf bien imparfaitement en utilisant des descriptions additionnelles ou des artifices typographiques.

— C'est vrai, l'écrit ne permet qu'une transmission partielle et incomplète de l'oral...

— D'ailleurs, continua Pierre, on peut se poser la même question concernant les sentiments : si on essaie de traduire les sentiments que l'on éprouve par des paroles ou par écrit, c'est encore plus incomplet. A vrai dire, dans le domaine de l'amour, des sentiments, des émotions, la correspondance ne me parait guère précise.

— Certes, acquiesça Aloïs, toutefois si l'on excepte les domaines que tu viens d'évoquer, en ce qui concerne la manipulation d'un vaste champ de concepts, un isomorphisme existe entre écrits et paroles, même s'il n'est pas total et que certains aspects de la communication orale y échappent. Ainsi, si je t'écris une lettre, et que, par exemple tu la lises à voix haute à un de tes amis, les pensées qui ont pris naissance dans ma tête, seront transmises relativement fidèlement dans le cerveau de ton ami, au moyen de l'usage successif de deux isomorphismes...

Ils restèrent un moment silencieux, et Pierre se prit à penser que si cette conversation sur les isomorphismes était retranscrite puis lue par une tierce personne, alors sa teneur atteindrait le cerveau de cette personne au travers d'un isomorphisme.

Aloïs avait dû suivre un cheminement parallèle et il rompit le silence par cette remarque :

—Si nous pouvons nous transmettre l'un à l'autre nos idées sur les isomorphismes...C'est grâce à un isomorphisme...

33 - INVARIANTS

Mich-L et Kar-N avaient décidé de retourner sur la place pour essayer de glaner plus d'informations. Jessi-K voulait reparler à Veronic-A et partit à sa recherche. Quant à moi, je résolus de consacrer le reste de la journée au « couple-Invariant ». C'était le nom que j'avais donné dans ma tête à ce couple de serveurs, qui semblait être un élément permanent dans la variété des environnements rencontrés. Étant donnée la diversité des endroits où ils avaient été aperçus, on pouvait d'ailleurs se demander s'il s'agissait d'un seul couple ou de plusieurs couples parfaitement identiques.

Je me dirigeai donc vers la place, et je m'installai à une terrasse, bien décidé à observer les gens jusqu'à ce que j'aperçoive mes « Invariants ». Le comportement de la foule avait imperceptiblement changé. Elle semblait maintenant moins homogène et plus active. Les gens circulaient souvent par petits groupes, au sein desquels il y avait parfois des discussions animées, et les terrasses comme celle où je me trouvais, étaient plus vivantes.

Je remarquai aussi une nouveauté surprenante. Il y avait maintenant dans la foule quelques hommes portant une cravate et quelques femmes portant des chaussures à talons aiguilles...

Au bout d'une heure, mon attente fut récompensée et je vis apparaître, pénétrant sur la place, le serveur. Je me levai et je décidai de le suivre. Il se dirigea vers la fontaine à la statue, et continua sa route traversant la place de part en part. Je le suivais à distance, afin de ne pas être vu, mais quand nous quittâmes la place, la foule se fit moins dense, et j'eus de plus en plus de mal à dissimuler ma filature. Mais le serveur-Invariant ne se préoccupait pas de moi, il marchait d'un pas régulier, et jamais il ne se retourna.

Peut être n'imaginait-il pas que l'on puisse le suivre, ou bien cela lui était-il complètement indifférent. Je me détendis donc, et me laissai entraîner dans sa promenade.

Arrivé à un carrefour, il rencontra la serveuse-Invariante, qui semblait l'y attendre, et ils continuèrent leur chemin ensemble. Bientôt je me rendis compte qu'ils se dirigeaient vers la colline où nous étions montés avec Jessi-K. Au fur et à mesure que nous approchions du bas de la colline, il y avait des gens paraissant se diriger dans la même direction. Lorsque nous arrivâmes au début du chemin menant au sommet, il y avait une quarantaine de personnes à l'ombre des arbres. Le couple d'Invariants s'installa sous l'un d'eux, un peu à l'écart, et je fis de même un petit peu plus loin. Les gens discutaient calmement, et semblaient attendre quelque chose ou quelqu'un.

Au bout d'un moment, Loui-J arriva, salué par un murmure de satisfaction, et grimpa sur un petit rocher qui se trouvait là.

Alors, une curieuse scène commença.

34 - DÉCODEUR

A présent, Pierre entrevoyait ce que voulait dire Aloïs et il résuma :

— Il y a donc, selon vous, des isomorphismes tout simples, car ils se restreignent à une ou bien quelques opérations comme celui de l'addition des stocks de morceaux de sucre ou de blocs de béton, et des isomorphismes beaucoup plus puissants, comme celui qui existe entre la pensée et la parole, ou bien entre la parole et l'écrit, ou encore celui qui existe entre les mathématiques et le monde physique...

— Oui... En fait, il s'est passé quelque chose d'extraordinaire. D'abord les hommes découvrent les isomorphismes complexes que sont la parole et l'écrit, ce qui est déjà fort étonnant. Ensuite, à partir de la mise en évidence d'autres isomorphismes relativement simples au début, comme l'addition des nombres entiers, leur permettant de gérer et utiliser les quantités, puis de plus en plus compliqués (comme la formulation de règles géométriques qui permettent de gérer et manipuler les formes dans l'espace), ils ont mis en évidence des isomorphismes mathématiques complexes et très puissants comme par exemple l'isomorphisme existant entre les objets géométriques, et les nombres dits réels ou complexes. Parallèlement ils se sont aperçus que le système mathématique qui se constituait, permettait de décrire et de prévoir de mieux en mieux les comportements de la nature. D'où la réflexion de Galilée, confirmée plus tard par les travaux de Newton et de bien d'autres, disant que la nature s'exprime en langage mathématique...

Il but une gorgée de thé, et ajouta :

— Les mathématiques agissent comme une corde, ou plutôt

un fil d'Ariane, qui conduit à des trésors introuvables autrement...
À condition de ne pas lâcher la corde !

— Mais sait-on pourquoi les mathématiques sont le langage de la nature ?

— Non... personne ne sait... Depuis environ quatre cents ans, tout semble montrer qu'il existe un isomorphisme entre le langage mathématique créé dans notre cerveau de primates et l'univers physique qui nous entoure.

— Et bien sûr cela a élargi nos perspectives..., murmura Pierre.

— L'isomorphisme entre les mathématiques et le monde physique, permet aux hommes de prévoir, et leur donne accès à des choses qui auraient dû leur rester à jamais totalement inaccessibles. Il a permis de prévoir des phénomènes physiques avant même que ceux-ci ne soient détectés.

Aloïs était passionné par le sujet, et son visage prenait une expression presque juvénile alors qu'il poursuivait :

— Un des exemples les plus connus concerne les ondes électromagnétiques, dont font partie les ondes radio. Prévues mathématiquement par Maxwell, elles ont été mises en évidence physiquement par Hertz plusieurs années après la mort de Maxwell. Mais il y a beaucoup d'autres exemples, comme la découverte de la planète Neptune, et plus récemment, la mise en évidence de particules comme le neutrino, ou le boson de Higgs, des années après qu'ils aient été prévus mathématiquement.

Aloïs, les yeux brillants, s'interrompit un instant et conclut :

— Non seulement, la mise en évidence d'un isomorphisme entre le système mathématique et les lois physiques constitue ce qui permet le mieux de comprendre notre univers, mais il n'y a pratiquement plus d'actions de notre existence quotidienne qui ne résultent, directement ou indirectement, des découvertes que cela a engendrées. Et ceci a bouleversé nos vies... parfois pour le meilleur, mais aussi pour le pire...

— Ainsi, commenta Pierre, pour vous l'humanité au fil des générations crée son décodeur cérébral permettant de comprendre l'univers dans lequel elle est.

— Oui, en d'autres termes, je pense qu'on peut considérer qu'il y a un isomorphisme entre certaines créations des cerveaux humains, et l'univers dans lequel l'humanité est plongée.

— C'est donc pour cela, que vous pensez que les cerveaux

humains en interactions, révèlent les isomorphismes et créent petit à petit le décodeur qui leur permet de lire l'univers ?

— Oui, et je suis même tenté de franchir un pas de plus... Puisque les cerveaux humains révèlent petit à petit ces isomorphismes permettant d'accéder aux vérités cachées de l'univers, c'est donc que ces vérités existent potentiellement (ou à l'état latent si tu préfères) en leur sein. Alors, peut-être peut-on considérer qu'il existe une image latente de l'univers dans les cerveaux humains qui se révèle au fil des générations... Et, ainsi que je te l'ai déjà dit, j'aime à penser que, si par la mise en réseau coopératif de ses cerveaux, l'humanité continue à décoder ces isomorphismes, et si elle ne s'autodétruit pas avant, il y aura un jour des hommes qui auront des réponses aux grandes questions que s'est toujours posée l'humanité concernant l'univers, et qui sauront pourquoi et comment elle s'y trouve plongée... Mais peut-être ces réponses seront-elles décevantes pour notre ego, ajouta-t-il après un moment.

Le camion grue n'était pas revenu installer les blocs de béton entreposés au bord de la rue. Par la fenêtre, on pouvait maintenant apercevoir un groupe d'adolescents qui rentrait probablement d'une activité extrascolaire. Certains se bousculaient en riant, grimpaient au passage sur les blocs, d'autres avaient l'air plus soucieux ou fatigués. Aloïs les regarda s'éloigner et murmura :

— Il est navrant que, avant de les assommer avec des cours et des exercices, on n'explique pas à nos enfants à quoi cela sert et pourquoi cela demande un gros effort. Il faudrait leur dire que refuser d'étudier les maths et la physique, c'est comme ne pas vouloir apprendre à lire et à écrire et se priver ainsi d'outils indispensables à la compréhension du monde dans lequel nous sommes. C'est un peu comme refuser de faire l'effort de gravir un chemin qui monte au sommet d'une montagne et accepter de ne jamais pouvoir contempler le magnifique panorama qui s'offre aux regards, une fois au sommet.

Alors que Pierre s'apprêtait à prendre congé, Aloïs ajouta :

— Si un jour, tu as des enfants, ce que je te souhaite de tout mon cœur, n'oublie pas de leur transmettre ce message lorsqu'ils auront l'âge...

« Si je continue à mener ma vie de cette manière, ce n'est pas demain la veille » songea Pierre.

Puis il prit un ton dégagé et répondit :

— Il existe une autre version de la plaisanterie du professeur de mathématiques de votre jeunesse : « Les humains se divisent en 2 catégories : ceux qui pensent que les humains se divisent en 2 catégories et les autres... ».

— Je crois que tu m'as compris...répondit Aloïs dans un sourire.

35 - AMBITION

Hervé était perplexe. Il n'avait pas d'antipathie vis-à-vis de Pierre. À vrai dire il le trouvait même plutôt sympathique. Et lorsqu'il le rencontrait, lors des événements informels inévitablement générés par la vie sociale de la compagnie, ce n'était pas sans plaisir. Toutefois, les développements récents lui avaient causé une désagréable impression.

Il y avait d'abord eu cette réunion au cours de laquelle les perspectives exposées par le Boss n'étaient pas très réjouissantes ; mais ce qui l'avait le plus dérangé, c'était que Pierre ait été convié à un entretien particulier avec le Boss à l'issue de la réunion. Ensuite, il y avait eu cette discussion avec Pierre. Le projet concernant le système d'extraction de connaissances était intéressant ; mais pourquoi lui avait-il été proposé par Pierre, et non par le Boss directement ? Pierre n'était pas son supérieur hiérarchique, or plus que la rémunération, la motivation principale de la vie professionnelle d'Hervé était la conquête du pouvoir.

Son comportement au travail n'était pas sans rappeler Pac-Man, ce petit personnage de jeux vidéo des années 80, dont l'unique but était de dévorer le maximum de pac-gommes, tout en évitant les embuscades que lui tendait son environnement peuplé de fantômes.

Tout naturellement, il avait demandé une entrevue avec le Boss, afin d'obtenir confirmation qu'il devrait consacrer son temps à ce projet ambitieux, et déterminer avec lui la fréquence à laquelle il lui rapporterait l'état d'avancement du projet.

Il avait été reçu avec bienveillance, mais contrairement à ses attentes, le Boss lui avait dit que pour ce projet, il rapporterait à Pierre, et non pas à lui-même. Bien qu'il n'ait pas décelé dans les propos du Boss une quelconque intention de modifier sa position dans l'organigramme, ni de le faire dépendre de Pierre autrement que pour ce projet spécifique, il était sorti de l'entrevue l'estomac noué par le tour qu'avait pris l'affaire. D'une part cela contrecarrait son instinct hégémonique, d'autre part même si sa position hiérarchique n'était pas menacée pour le moment, cela créait un précédent qui ne lui plaisait pas du tout...

Il réfléchit un moment, pensa à un certain Justin, et composa son numéro de téléphone. Le répondeur téléphonique lui indiqua que celui-ci n'était pas disponible, et il laissa un message proposant de dîner avec lui le lundi suivant.

36 - PRIÈRE-DOCTRINE

La foule se rapprocha du piédestal improvisé, et Loui-J se mit à interroger l'assemblée... Ou plutôt, il psalmodia des questions que l'assemblée semblait déjà connaitre. Et celle-ci répondait sur le même ton psalmodié :

Loui-J : « *Y a-t-il un créateur ?* »

L'Assemblée : « *Comment serions-nous là, s'il n'y en avait pas ?* »

Loui-J : « *Est-il Un ou plusieurs ?* »

L'Assemblée : « *S'ils étaient plusieurs, qui les aurait créés ?* »

Loui-J : « *N'y a-t-il qu'un créateur ?* »

L'Assemblée : « *Oui, il n'y en a qu'un, lui-même s'est créé* »

Loui-J : « *Quel est donc notre rôle ?* »

L'Assemblée : « *Toujours lui rendre grâce, toujours le vénérer Partout le faire connaître, et faire sa volonté.* »

Loui-J : « *Transmettez ce savoir, et cette vérité Chacun son signe au cou, chacune un signe aux pieds.*

MN »

En contemplant la scène, je me fis la remarque que Loui-J n'avait vraiment pas perdu de temps...

Il descendit du rocher sur lequel il était monté, et l'assemblée commença à se disperser.

Les incantations de Loui-J créaient en moi une impression déplaisante, et je me dis que je n'avais pas envie de le rencontrer. Je décidai donc de reporter mon attention sur le couple d'Invariants, mais ils s'étaient déjà esquivés et j'eus à peine le temps de les apercevoir disparaissant au détour du chemin qui montait sur la colline.

J'hésitai quelques instants, puis je décidai de m'y engager aussi. Lorsque je parvins au sommet, ils n'y étaient pas. Je pensais qu'ils étaient redescendus par un autre chemin, que je cherchai vainement aux alentours. Mais, alors que je m'apprêtais à repartir aussi, j'entendis un bruit provenant de la tour. Je me mis un peu à l'écart, et observai. Au bout de quelques minutes une porte s'ouvrit et le couple d'Invariants sortit de la tour. Ils ne semblaient toujours pas se préoccuper d'être vus, et je les vis redescendre le chemin par lequel nous étions venus. Après quelques minutes, je m'approchai de la porte de la tour, mais celle-ci s'était refermée. Il y avait un digicode à lettres, et toutes mes tentatives pour l'ouvrir restèrent vaines. Je m'éloignais pensif, tout en contemplant distraitement la pointe de mes chaussures légèrement voilées par la poussière du chemin. C'est alors qu'une idée me vint et je retournai passer quelques instants auprès du digicode.

37 - JUSTIN

Justin avait accepté l'invitation d'Hervé. Officiellement, la société dans laquelle il exerçait, était concurrente de celle pour laquelle travaillait Hervé.

Mais en fait, c'était un peu plus compliqué que cela.

Certes, il leur arrivait souvent de répondre aux mêmes appels d'offres, de viser la même clientèle, d'offrir des services similaires, ce qui conduisait à des luttes impitoyables afin de s'approprier les marchés. Mais parfois, la complexité des projets, leur envergure, et les risques encourus, conduisaient ces mêmes sociétés à se répartir le travail en fonction des ressources disponibles dans chacune d'entre elles, au sein d'alliances occasionnelles, dans des joint-ventures, ou bien l'une devenant sous-traitante de l'autre. Il fallait alors être capable de coopérer et de joindre les efforts vers un but commun sur un projet, avec une compagnie et des personnes qui avaient été ou qui étaient même encore vos plus implacables ennemis sur un ou plusieurs autres projets. Il résultait de ces alliances de circonstance, une attitude un peu teintée de schizophrénie chez les personnes chargées de les mettre en œuvre.

Hervé et Justin, avaient fait leurs études dans la même école. N'étant pas dans la même promotion, ils ne s'étaient pas spécifiquement fréquentés pendant leurs études, mais ils se connaissaient. Le cas n'était pas si rare dans leur milieu, car une fois leurs études terminées, les diplômés visaient souvent le même type d'entreprises, et inversement, les entreprises cherchaient à recruter dans les mêmes viviers.

Ils s'étaient croisés à plusieurs reprises, lors de leurs pérégrinations professionnelles, et chacun avait pu apprécier les compétences de l'autre, parfois à ses propres dépens. Une certaine complicité, s'était donc installée entre eux, non dénuée toutefois d'une bonne dose de méfiance.

Hervé arriva un peu en avance, et fut bientôt rejoint par Justin. Il avait à peu près le même âge qu'Hervé, un physique longiligne et sec, le regard vif et décidé surmonté d'un large front agrandi par un début précoce de calvitie.

Le restaurant était réputé pour ses produits de la mer, et l'ambiance feutrée ainsi que l'espacement des tables étaient propices à une discussion informelle et discrète.

Ils commandèrent chacun un loup grillé, et entamèrent un tour d'horizon des situations respectives de leurs compagnies, du marché en général, et de leurs activités en particulier. Comme d'habitude lorsqu'ils se rencontraient ainsi, chacun essayait d'en dire le moins possible, tout en obtenant le maximum d'informations de l'autre. Hervé ouvrit le jeu.

— Alors ? A quoi êtes-vous occupés ces temps-ci ?

Justin cita deux ou trois appels d'offre publics, ce qui ne l'engageait guère car ils étaient tous connus des acteurs du marché, puisqu'ils étaient publics.

— Et vous ? poursuivit-il.

— A peu près la même chose, répondit Hervé évasivement.

Le démarrage était laborieux... Alors, pour faire bonne mesure, Hervé ajouta deux éléments à la liste des appels d'offres cités, et mentit sans vergogne en mentionnant le fort intérêt de sa compagnie pour l'un d'entre eux. Ainsi il avait donné une information importante, et espérait être payé en retour. De plus, si la compagnie de Justin était intéressée par cet appel d'offre, il pourrait peut-être négocier le retrait de la sienne contre quelque chose d'intéressant.

Justin n'était pas dupe. Il connaissait trop bien les affaires et le milieu pour se laisser berner. Il en conclut que probablement l'appel d'offres cité par Hervé n'intéressait pas ses patrons. En fait, l'un comme l'autre, avaient beaucoup plus d'intérêt pour les appels d'offres non publics, restreints à une petite poignée de compagnies, présélectionnées sur leurs compétences, ou mieux encore, pour les marchés négociés de gré à gré avec les clients en manque de temps. Car ces affaires là étaient plus propices aux petits arrangements entre fournisseurs potentiels.

Un moment de silence s'installa, durant lequel, chacun s'appliqua consciencieusement à extraire les arêtes de son poisson pour se donner une contenance. Hervé ne voulait pas faire d'impair. Il amena la discussion, sur les moteurs de recherche, leurs performances, et leurs évolutions. Justin, détendu, parlait de ce sujet sans risque, se demandant vaguement où Hervé voulait en venir. Au détour d'une phrase il crut percevoir le motif. Tout en remplissant le verre de Justin, Hervé avait lâché avec désinvolture :

— Et l'extraction de connaissances ? Vous vous y intéressez ?

Justin était pris de court, il savait que le département recherche de sa compagnie travaillait entre autre sur ce sujet, mais il n'était pas au courant de résultats potentiels immédiats ou à moyen terme, susceptibles de conduire à des développements commerciaux chez eux. Il décida de botter en touche et d'attendre la suite.

— Tu sais bien que nous nous intéressons à tout... répondit-il en souriant, l'air volontairement sans conviction, pourquoi ?...

Hervé, qui essayait désespérément de comprendre d'où venait ce projet dont on lui avait confié la responsabilité, décida de prêcher le faux pour savoir le vrai.

— Je crois savoir que plusieurs acteurs essentiels du marché, ont des projets importants et à développement rapide dans ce domaine, dit-il sur un ton de confidence... Tu n'as rien entendu là-dessus ?

Justin, légèrement confus, dut admettre que non, il n'avait aucune information particulière sur le sujet.

Mais Hervé avait peut-être fait une erreur, car Justin en conclut que la compagnie employant Hervé était probablement en discussion avec un client potentiel important sur un projet de ce genre, et qu'Hervé cherchait à savoir si celle employant Justin était aussi sur le coup...

Le lendemain, Justin dit à son patron qu'il pensait que la société d'Hervé avait probablement décidé d'être active dans le domaine de l'extraction de connaissances. Et celui-ci eut l'air extrêmement intéressé.

Lorsque Justin eut quitté son bureau, il appela sa secrétaire et lui dit :

— Pouvez-vous, s'il vous plaît demander, au jeune Jean-Marie de monter me voir ? ...

38 - PROSÉLYTISME

Kar-N et Mich-L s'étaient installés à une table, et observaient la foule. Un homme et une femme traversaient la place d'un pas nonchalant, et se dirigeaient dans leur direction. Toutes les tables étaient occupées, mais à la terrasse voisine il y en avait plusieurs de libres. Une fois près d'eux, l'homme et la femme jetèrent un regard circulaire à la terrasse, et s'adressant à eux en souriant, leur demandèrent l'autorisation de s'asseoir à leur table. Kar-N et Mich-L acceptèrent de bonne grâce. L'homme portait une cravate, et la femme était chaussée de talons aiguilles. À peine assise, la femme demanda :

— Vous connaissez Loui-J ?

— Oui, nous le connaissons, répondit Mich-L un peu surpris par la question.

Ils eurent l'air étonné par la réponse de Mich-L.

— Ah, vous le connaissez déjà ? Nous n'avions pas vu que vous assistiez à ses réunions, dit l'homme.

— Qu'en pensez-vous ? Et pourquoi, alors, ne portez-vous ni cravate, ni talons aiguilles ? demanda la femme.

— Ne trouvez-vous pas qu'il a raison ? compléta l'homme.

Malgré l'air souriant du couple, Mich-L et Kar-N ne se sentaient pas très à l'aise sous cette avalanche de questions. Kar-N décida d'essayer de reprendre le contrôle de la conversation.

— Oui, sûrement... répondit-elle sans plus de précisions. Mais vous ? Pourquoi pensez-vous qu'il a raison.

L'homme eut un sourire un peu condescendant, et tel un grand frère qui expliquerait la vie à son cadet, il déclara comme si c'était une évidence :

— Nous ne « *pensons* » pas qu'il a raison ; nous « *savons* » qu'il a raison.

— Et qu'est-ce qui vous fait croire cela ?

— C'est une « conviction » dit-il un peu hautain. On appelle aussi cela la foi... Si vous avez la chance de l'avoir, laissez-vous guider par elle, et vous accéderez à la vérité !

Ils restèrent silencieux un moment, puis Mich-L demanda :

— Pouvez-vous nous dire comment et depuis combien de temps vous êtes ici ?

— En ce qui me concerne, dit la femme, j'étais dans une sorte de manoir, entouré d'un lac, un soir, une voix a retenti en expliquant que le lac gelait périodiquement...

Mich-L s'apprêtait à lui dire qu'il connaissait la suite, mais avant qu'il ne l'ait interrompue, elle continua sur sa lancée :

— Je n'ai rien compris au phénomène, et quand je suis rentrée dans ma chambre j'ai trouvé un mot disant qu'il fallait que j'essaie de sortir du manoir. J'étais fatiguée, et comme de toute façon je ne savais pas ce que je devais faire, je me suis endormie. Je me suis réveillée un peu avant neuf heures, et, à tout hasard, je me suis présentée à la porte qui donnait sur le lac. Il y avait là une douzaine de personnes, la porte s'est ouverte, et comme le lac était complètement gelé nous avons traversé. Puis, j'ai marché jusqu'à une route, et un bus m'a déposée ici.

— Et vous ? demanda Mich-L en se tournant vers l'homme à la cravate.

— J'étais aussi dans une sorte de manoir dont personne ne semblait savoir comment sortir. Dans ma chambre, il y avait une lourde porte munie d'une serrure à combinaison composée de trois boutons, gradués de zéro à neuf. Le matin, en me réveillant, j'avais fréquemment l'impression d'avoir rêvé de nombres pendant la nuit, et je les essayais sur la serrure à combinaison. Un matin, la combinaison a fonctionné... La porte s'est ouverte, j'ai suivi un escalier puis de longs couloirs, et je me suis retrouvé à l'extérieur du manoir. La suite est la même, j'ai marché, et une sorte de taxi m'a amené jusqu'ici.

— Mais, reprit la femme, si vous allez aux réunions et que vous ne portez ni cravate, ni talons aiguilles, cela veut dire que vous n'êtes pas d'accord avec ce que dit Loui-J !

— A vrai dire, répondit Kar-N, nous n'avons pas connu Loui-J lors de ses réunions, mais avant qu'il n'arrive ici. Nous connaissons certaines de ses idées, mais, d'après ce que je comprends nous ne les connaissons pas toutes...

— Alors vous devriez vraiment venir à nos réunions, dit l'homme, car il répond à beaucoup des questions que vous vous posez sûrement.

Mich-L et Kar-N n'avaient pas trop envie de prolonger la conversation. Ils prirent donc congé de leurs interlocuteurs, au grand regret de ceux-ci, leur sembla-t-il.

Mais, ils déclarèrent, qu'ils iraient sûrement à la prochaine réunion organisée par Loui-J.

39 - POLYVALENCE

Contrairement à la plupart de ses amies, pour lesquelles la recherche de l'âme sœur tournait à l'obsession, Candice ne se préoccupait pas outre mesure de sa vie sentimentale. D'une part elle possédait une aptitude rare à trouver et profiter des bons côtés de la vie quelle que soit sa situation, d'autre part elle avait une totale confiance en elle, et était convaincue que le moment venu, elle n'aurait aucun mal à reconnaître et à choisir la bonne personne. Pour le moment, bien que fréquemment sollicitée, elle était pleinement satisfaite de son chat, des amis qu'elle fréquentait, ainsi que de son travail qui avait pris un tour nouveau et qui lui permettait de renouer avec ses recherches antérieures.

Aidée par Alix, elle avait constitué un noyau de collaborateurs compétents, et s'était attelée à la tâche avec enthousiasme. Elle s'était repenchée sur ses travaux d'étudiante, et, partant de là, avait entrepris de complexifier graduellement le système multi-agents d'abeilles virtuelles qu'elle avait établi quelques années plus tôt lors de son doctorat. Bien évidemment, forte de la puissance et du soutien technique, humain, et financier de la compagnie, l'affaire prenait une toute autre envergure, et les développements étaient beaucoup plus rapides que lorsqu'elle travaillait à sa thèse. Toutefois, l'objectif était, lui aussi, d'une bien plus grande ampleur, et elle n'était même pas sûre qu'il soit réalisable.

— La polyvalence du système est essentielle, lui rappela Pierre lors d'une réunion.

— Oui, renchérit Alix, nous devons pouvoir modéliser des groupes d'entités de natures diverses, et c'est une des grandes difficultés du projet.

— Eh bien, répondit Candice, l'équipe a commencé à établir une liste de « bibliothèques » afin de rendre le système paramétrable. (Lorsqu'elle parlait de son travail en dehors de son équipe, elle préférait utiliser un langage courant, plutôt que le vocabulaire plus précis, mais plus aride, en usage dans les sciences de l'information tel que ontologie, objets, classes, etc.)

Alix esquissa un léger sourire, Pierre se détendit, et Candice poursuivit :

— Il y aura une « bibliothèque des environnements », il s'agit de la liste et de la description des attributs de chacun des environnements dans lequel les agents virtuels pourraient être amenés à évoluer. Et puisqu'on a parlé de mammifères, il sera possible de définir les caractéristiques et attributs de divers environnements terriens, tels que la savane ou la jungle. Ainsi, une fois les caractéristiques des agents définies, il sera possible de choisir l'environnement virtuel dans lequel les faire évoluer.

— On pourra modifier les caractéristiques d'un environnement, si nécessaire ? demanda Pierre.

— Oui, nous espérons pouvoir le faire, répondit-elle, et comme la bibliothèque ne sera pas exhaustive, on devra pouvoir aussi rajouter des environnements si nécessaire, pourvu qu'ils soient correctement décrits.

Puis elle continua :

— De même, nous allons constituer une bibliothèque d'interactions possibles entre les agents et les divers environnements possibles.

— Et ces interactions seront aussi paramétrables ? demanda Pierre.

— Oui, non seulement les interactions avec l'environnement pourront être définies à la demande, mais les capacités cognitives et logiques des agents seront choisies aussi dans une bibliothèque de profils cognitifs et logiques.

— Pourra-t-on modifier ces profils, ou en ajouter ? demanda à nouveau Pierre.

Candice se sentit un peu gênée. La première fois que Pierre et Alix lui avaient décrit le projet, elle avait eu le sentiment qu'on ne lui avait pas tout dit. Cette impression s'était confirmée au fil du temps, et les questions de Pierre renforçaient ce sentiment.

Pour toute réponse, elle esquissa un petit sourire et acquiesça de la tête.

— Et en ce qui concerne les interactions entre les agents eux-mêmes ? demanda Alix, plus pour informer Pierre que lui-même qui l'était déjà.

— Il y aura aussi une bibliothèque d'interactions et de modes de transmission possibles des connaissances entre les agents, avec des profils allant de la non communication, à la communication complète avec les autres (ou certains autres) du savoir de chaque agent, et ce, avec ou sans déformation.

Puis, sans attendre la question de Pierre, elle ajouta en le regardant avec un éclair de malice dans les yeux :

— Et je crois qu'il faudra faire en sorte qu'on puisse modifier ou rajouter des profils de communication, si nécessaire...

40 - BOUCLE

C'était le début de l'après-midi, et nous étions tous réunis chez Jessi-K pour faire le point. Elle avait retrouvé Veronic-A et l'avait invitée. Nous aurions voulu proposer aussi à Loui-J de se joindre à nous, mais nous n'avions plus eu l'occasion de le rencontrer depuis qu'il nous avait exposé ses théories.

Kar-N et Mich-L nous relatèrent leur curieuse conversation avec le couple à cravate et talons aiguilles et je racontai ma filature des deux Invariants, la curieuse harangue de Loui-J au bas de la colline, ainsi que la visite de la tour située au sommet de celle-ci.

— Nous devrions à nouveau tenter de parler à Loui-J ou à défaut assister à une de ses réunions pour essayer de comprendre, dit Kar-N.

— Et moi j'aimerais bien savoir ce qu'il y a dans cette tour murmura Jessi-K.

Puis, après un moment de silence, Mich-L déclara :

— La dernière fois, Jessi-K a dit qu'elle pensait que, dans notre cloître et dans celui de Veronic-A, la résolution des énigmes servait de filtre pour déterminer ceux qui sortiraient. Tier-I a remarqué que dans les deux cas l'énigme comportait en elle-même tous les éléments nécessaires à la résoudre. Un peu avant, Kar-N avait fait la réflexion que le halo que nous portions dans notre cloître semblait être un attribut nécessaire à ce que nous puissions en sortir... Je pense que nous devrions continuer à réfléchir autour de ces idées...

— Les choses ne sont pas aussi claires, dis-je ; la conversation que Kar-N et toi avez eue avec le couple en cravate et talons aiguilles, semble montrer que l'on peut aussi s'échapper de certains cloîtres par hasard...

— Oui c'est vrai, dit Mich-L, il faudra aussi éclaircir cet aspect là, mais j'ai l'impression qu'il faut d'abord se concentrer sur ce qui nous a permis, à nous, de nous en sortir...

Je pressentais qu'il avait raison.

— En fait, en ce qui concerne le halo, reprit Kar-N, il y a deux manières d'envisager la chose... On peut considérer que c'était juste un signe distinctif et que la possibilité était donnée, à ceux qui avaient la chance de l'avoir, de gagner leur liberté en résolvant l'énigme. Dans ce cas qui a distribué les auréoles ? Et pourquoi à nous ? Par hasard ? Mais peut-être y avait-il un deuxième niveau... Je me suis demandé si ce signe ne constituait pas non seulement un signe distinctif, mais aussi l'indication que ceux qui avaient la chance d'en être pourvus, possédaient aussi en eux les outils nécessaires à sortir par eux-mêmes du cloître où ils étaient enfermés.

— Que veux-tu dire par outils ? demanda Veronic-A qui était restée silencieuse jusque-là.

— Eh bien, poursuivit-elle, supposons, par exemple, que le halo signalait ceux qui avaient en eux la curiosité d'aller voir l'extérieur, ou bien ceux qui avaient en eux le besoin de se libérer d'entraves qu'ils ne comprenaient pas...

— En d'autres termes, dit Jessi-K, si je prends ton premier exemple, ceux qui étaient assez curieux pour avoir envie de partir se seraient vus affublés d'une auréole, ou bien à l'inverse, ceux qui avaient une auréole se seraient trouvés dotés d'une forte curiosité les poussant à partir.

C'est alors que j'intervins :

— L'idée est intéressante, mais nous ne devons pas oublier que nous avions reçu un avertissement effrayant : ceux qui avaient des auréoles devaient quitter le cloître sous peine de disparaître... Dès lors, la curiosité ou la volonté de liberté n'étaient pas nécessaires pour nous motiver...

Il y eut un long silence durant lequel chacun s'absorba dans ses pensées.

Au bout d'un moment Jessi-K récita :

« Ceux qui tiennent la corde pourront par leurs efforts
Sans jamais la lâcher, bien maitriser leur sort. »

Puis elle poursuivit :

— On pourrait interpréter ceci comme une incitation à utiliser volontairement une méthode et à s'y tenir, la récompense étant la maîtrise de notre destin... Supposons, continua Jessi-K, que l'outil dont parlait Kar-N, soit la maîtrise du raisonnement déductif et inductif, et que, dans notre cloître, le halo ait été le signe distinctif, de ceux qui avaient la chance d'avoir en eux cet outil là... Il me semble que ça éclairerait pas mal de choses...

La surprenante proposition de Jessi-K nous plongea à nouveau dans des abîmes de réflexion et de perplexité. L'hypothèse méritait d'être examinée.

Ce fut Veronic-A qui rompit le silence :

— Tu veux dire que, dans votre cloître, le halo serait l'interprétation dans le monde visible de la capacité de certains à l'inférence logique, et qu'il aurait ainsi désigné ceux d'entre vous qui avaient la chance d'avoir cette capacité?...

Après un silence, elle ajouta :

— Mais dans ce cas le système boucle...

— C'est vrai, admit Jessi-K, on arrive à une auto-référence car si l'auréole est donnée à ceux qui ont la capacité de raisonner, et donc de résoudre l'énigme...

— Cela signifie ainsi que c'est leur capacité à s'apercevoir qu'ils ont une auréole qui confère une auréole à ceux qui l'ont... compléta Kar-N. Effectivement, comme dit Veronic-A, ça boucle... Dans ce cas particulier, la corde de la logique semble mal arrimée... Et pourtant...

—Et pourtant ... répétai-je, nous savons au fond de nous que, dans le monde dans lequel nous évoluons...quel que soit le système logique il existe des propositions de ce système dont on ne peut dire si elles sont vraies ou fausses...

— Oui, dit Mich-L, nous le savons comme ci cela était gravé en nous... Une sorte de « théorème d'incomplétude... » Comment l'avons-nous appris ? Je suppose que tout comme moi vous l'ignorez...

— Notre boucle auto-référente, énonça Veronic-A, se résume ainsi : « L'outil logique, interprété dans le monde visible par un halo, a été donné à ceux qui avaient la rigueur de raisonnement nécessaire à trouver qu'ils avaient un outil logique. » Se pourrait-il que la proposition de Jessi-K fasse partie de ces propositions indécidables dans « notre » système logique ? se demanda-t-elle à voix haute.

— Au fond, dis-je au bout d'un moment, la seule chose qui compte est de voir si l'hypothèse de Jessi-K nous permet de mieux comprendre d'où nous venons et de mieux prévoir où nous allons. D'après cette hypothèse, et comme suggéré par Kar-N, si nous sommes sortis de notre cloître, c'est parce que nous seuls avions la chance d'avoir l'outil pour en sortir. Et si nous n'avions pas eu cet outil, nous ne serions pas là pour nous poser la question...

Je sentais qu'il y avait d'autres choses qui ne marchaient pas dans tout cela. Et ce qui me préoccupait devait probablement aussi tracasser les autres...

41 - CONNAISSANCE

Hervé s'était lui aussi mis au travail, et bien que n'ayant pas d'expériences spécifiques dans le domaine de l'extraction de connaissances, il avait l'habitude de la direction de projets, et avait les compétences nécessaires pour constituer une équipe de spécialistes et les faire travailler ensemble.

Instinctivement, la connivence qui semblait s'être établie entre Pierre et Alix lui déplaisait. Pourtant, il savait qu'Alix, en tant que responsable de l'ingénierie de la société, devait bien évidemment être impliqué dans les orientations prises.

Dans un premier temps Hervé avait examiné avec Thérèse les profils des collaborateurs de la société les mieux à même de posséder le savoir-faire et les aptitudes nécessaires à son projet d'extraction de connaissances.

Il s'était fait la réflexion que la direction devait être très intéressée par le projet, puisque non seulement elle ne s'était pas opposée aux transferts internes de personnel que cela impliquait, mais elle les avait au contraire favorisés.

Puis il avait demandé à Thérèse de recruter un expert de l'extraction de connaissances, de haut niveau. Leur choix s'était porté sur Théo, un universitaire d'une quarantaine d'années, spécialiste du domaine, qui, lassé des restrictions successives des budgets alloués à la recherche publique, et aussi désireux d'élever son niveau de vie, avait choisi de s'intégrer à une entreprise privée.

Afin que Théo puisse consacrer toute son énergie au projet, il avait été décidé d'embaucher et de lui adjoindre un assistant qui non seulement serait apte à travailler dans ce domaine, mais serait aussi chargé de faciliter son adaptation aux usages du secteur privé. Parmi plusieurs candidatures, Thérèse avait présélectionné celle d'un certain Jean-Marie, disponible immédiatement et qui semblait avoir toutes les compétences requises. Elle avait soumis son profil à Hervé et à Alix.

En regardant son CV, Hervé avait remarqué qu'il travaillait pour la compagnie de Justin. À tout hasard il avait contacté celui-ci pour savoir s'il le connaissait.

— Tu sais, avait dit Justin, nous sommes plusieurs centaines dans notre société et je ne connais pas tout le monde...

Jean-Marie avait expliqué qu'il souhaitait avant tout travailler sur l'extraction de connaissances, et que dans la société où il travaillait pour le moment, les perspectives dans ce domaine, ainsi que les possibilités d'avancement pour lui n'étaient pas très enthousiasmantes.

Assis avec Pierre et Alix dans le bureau de ce dernier, Hervé, faisait le point avec eux, non sans une pointe de frustration comme à l'accoutumée.

— L'équipe est constituée. Théo, le spécialiste de haut niveau, et Jean-Marie l'assistant que nous avons engagés semblent contents ; et la mayonnaise a pris, car toute l'équipe s'est rapidement mise au travail, dit-il avec satisfaction.

Il pensait toujours qu'on ne lui avait pas donné tous les tenants et les aboutissants du projet, alors il lança un ballon d'essai :

— D'où viendront les questions ? Et comment seront-elles formulées ?

— Tu veux savoir qui formulera les requêtes de recherche de connaissance, et la manière dont elles seront formatées n'est-ce pas ? précisa Alix.

Hervé acquiesça.

— Les requêtes pourront venir d'individus, en langage naturel, commença Pierre,

— Mais elles pourront aussi venir d'autres logiciels et de manière structurée, compléta Alix.

— Ca ne m'avance pas beaucoup pour le moment..., marmonna Hervé.

— Bien sûr cela devra être précisé en son temps, ajouta Pierre d'un ton conciliant.

Hervé fit un effort pour sourire, et, quittant la réunion, il décida que ce qu'on voulait lui cacher, il le découvrirait par lui-même...

42 - LUEUR

Ce fut Mich-L qui formula le problème :

—Indépendamment du « bouclage auto-référent », et bien que nous ayons tous, je pense, l'intuition que notre hypothèse d'un « halo, image d'un outil logique », peut contenir une partie de l'explication, il y a au moins deux aspects très concrets avec lesquels elle ne cadre pas...

—Avant de savoir que nous devions partir du cloître, poursuivit-il, chacun de nous a trouvé dans sa chambre un billet sur lequel était écrit :

« Tous les hôtes de ce lieu raisonnent de la même manière. » Et cette information a été essentielle dans le raisonnement qui nous a permis de déduire que nous avions un halo. Si les autres n'avaient pas de halo, alors selon notre hypothèse ils ne possédaient pas l'outil logique nécessaire à la résolution du problème, par conséquent ils ne pouvaient pas raisonner de la même manière que nous, et dans ce cas tout le raisonnement qui nous a permis de savoir que nous avions un halo s'effondre...

— Mich-L a raison, dit Jessi-K, et mon hypothèse sur la signification de l'auréole ne tient pas. Il faut trouver une autre explication...

— Pourtant, dit Kar-N, cette devise...

« *Ceux qui tiennent la corde, pourront par leurs efforts*
Sans jamais la lâcher, bien maitriser leur sort »

Écrite sur toutes les pages du cahier dans notre cloître, écrite aussi sur des troncs d'arbres lors de notre arrivée ici, et aussi indiquée dans le cloître de Veronic-A, et ce mot que nous avons trouvé dans la pièce où nous nous sommes sentis pour la première fois libres de parler :

« *Vous avez tenu la corde, la maîtrise de votre sort commence par votre liberté de parole* », tout cela semble bien indiquer que la corde désigne le raisonnement logique, et nous inciter à ne jamais nous en écarter. Nous, les porteurs de halo du cloître, nous avons la caractéristique commune de nous être tenus à cette corde.

Un nouveau silence envahit la pièce, et au bout d'un moment j'eus le sentiment d'entrevoir peut-être une lueur.

— Au fond, déclarai-je, l'important n'était pas que les autres raisonnent de la même manière que nous ; l'important était que nous *croyions* qu'ils raisonnaient comme nous. Et la fonction du billet était de nous le faire croire...

— Dans ce cas, compléta Jessi-K, les autres n'ont probablement reçu aucun billet leur disant que tout le monde raisonnait de la même manière, et n'ayant pas les moyens de résoudre l'énigme ils n'ont eu d'autre solution que d'attendre et voir...

— Apparemment, remarqua Veronic-A, dans mon cloître il y avait la corde, mais il n'y avait pas d'auréoles...Peut être n'existait-il pas d'interprétation visible de l'outil logique dans ce cloitre ou bien, sa visualisation n'étant pas essentielle pour sortir, ne l'ai-je tout simplement pas vue...

Puis, s'adressant à Mich-L elle demanda :

— Tu parlais de deux aspects qui ne semblaient pas cadrer avec notre théorie. Quel est donc ce deuxième aspect ?

— Le deuxième aspect avec lequel notre théorie ne semble pas bien s'accorder, s'appelle Loui-J... Il avait bien un halo, il est sorti du cloître en appliquant la même logique que nous, mais tient-il la même corde que nous ? Ou bien en a-t-il changé ?

— Peut être a-t-il réussi à démontrer l'existence d'un Créateur à l'aide de l'outil logique, dit Jessica à mi-voix.

— Quelles que soient ses raisons, il faut que nous arrivions à lui parler, conclut Kar-N.

43 - COMPLEXIFICATION

Candice progressait. Elle avait demandé à son équipe de conserver les méthodes qui lui avaient réussi durant son travail universitaire. Elle partait de situations simples, qu'elle testait, puis une fois les vérifications réussies, elle passait à des situations de plus en plus complexes qu'elle testait à nouveau à chaque étape. Dans cette optique, puisque le système devait pouvoir permettre d'étudier toutes sortes de communautés, des insectes aux mammifères, elle avait commencé par les premiers. Ceux-ci étaient plus simples à modéliser et elle savait qu'elle devrait progresser par complexifications successives pour modéliser d'autres communautés.

Comme prévu, soucieuse d'intégrer d'emblée la polyvalence du système, l'équipe avait commencé à créer des agents virtuels simples, dont les caractéristiques étaient aisément modifiables, et à les mettre dans des environnements virtuels simplifiés et modifiables eux aussi. On commençait par faire évoluer quelques dizaines d'agents dans un environnement clos et aux règles strictement définies, et une fois que l'on avait testé les interactions des agents entre eux dans cet environnement, on complexifiait la situation en décloisonnant l'environnement et en autorisant des sorties ou des influences extérieures.

— Pour le moment, expliquait Candice à Pierre et Alix, nous avons créé un dispositif qui simule le comportement d'une cinquantaine d'abeilles dans leur ruche sans influence extérieure, mais si on change les paramètres de lancement du logiciel, le système simule alors le comportement d'une cinquantaine de fourmis dans leur fourmilière.

— Et ça marche bien ? demanda Pierre.

— Ça a l'air de très bien marcher, pour autant que, à titre de comparaison, nous puissions nous faire une idée du comportement réel d'une ruche ou d'une fourmilière réduite à une cinquantaine d'individus, pour le moment sans reine...

— Et il est facilement possible d'augmenter de manière importante le nombre d'agents ? demanda Alix.

— Oui, la façon la plus simple que j'ai trouvée, est de créer plusieurs petits groupes d'agents semblables et de faire interagir ces groupes entre eux.

Puis elle ajouta :

— On va maintenant ouvrir nos ruches ou fourmilières sur l'extérieur, on va introduire des reines, mais il faudrait définir les priorités, Quel environnement choisissons-nous d'abord ? Les fourmis au ras du sol ou bien les abeilles dans les trois dimensions ?

Pierre réfléchit un instant puis il demanda :

— Peux-tu attendre la réponse jusqu'à demain ?

— On devrait pouvoir, répondit Candice en souriant.

Lorsqu'ils eurent quitté le bureau de Candice, Pierre demanda à Alix :

— Maude est toujours d'accord pour venir travailler avec nous ?

— Oui, oui, elle n'a pas changé d'avis...

— Et elle « sait qu'elle ne saura pas tout » ?

— Cela la dérange moins que moi... Mais connaissant ma chère épouse, ça m'étonnerait qu'elle reste longtemps dans l'ignorance de ce que nous essayons de faire.

—Je pense qu'il faudra qu'elle se joigne à nous dans les deux semaines qui viennent, dit Pierre.

— Oui ça me paraît le bon moment... Et pour demain, comment fait-on ?

— Eh bien on se lance... dit Pierre.

44 - ASSEMBLÉES

Loui-J ne s'adressait plus aux gens sur la place centrale. Plutôt que d'avoir une audience constituée de personnes prises au hasard, probablement préférait-il s'adresser à des personnes ayant fait la démarche de venir l'écouter. Il avait pris l'habitude de tenir ses discours sous les arbres, au bas de la colline. Il était très facile d'assister à ces réunions car il suffisait de demander à un homme en cravate ou une femme en talons aiguilles, pour être immédiatement informé de la prochaine assemblée. Celles-ci étaient d'ailleurs devenues quasiment quotidiennes. Nous arrivâmes un peu en retard et ce qui ressemblait à une cérémonie avait déjà commencé. Il y avait une centaine de personnes. Loui-J arborait une large cravate rouge et était juché sur un piédestal qui semblait avoir été apporté pour cela, et un échange psalmodique s'achevait.

...

Loui-J : « *Sans notre obéissance...* »

L'assemblée : « *Pour nous aucune chance* »

Loui-J : « *Si tous nous le servons...* »

L'assemblée : « *Gratifiés nous serons...* »

Loui-J : « *MN* »

La structure de la réunion était une alternance de tels dialogues incantatoires entre Loui-J et l'assemblée, et d'explications concernant la signification de ces dialogues. La logique de la théorie de Loui-J était assez directe et facile à comprendre, elle tenait en sept points plus un, que l'on pouvait résumer ainsi :

- Individuellement nous ne pouvons comprendre ni comment, ni pourquoi nous sommes ici.
- Notre environnement et nos interactions sont cohérents, ainsi aucun de nous n'est ici par hasard.
- Notre propre complexité, ainsi que celle de notre environnement montrent qu'il existe donc un architecte : l'Architecte Grandiose.
- Pour maîtriser une telle complexité, cet architecte doit être tout-puissant.
- Puisqu'il est tout-puissant, l'Architecte Grandiose préside donc aux destinées de tous et de toutes.
- Grâce à lui nous sommes là, donc c'est qu'il est généreux avec nous.
- C'est pourquoi,il convient de lui obéir si nous voulons continuer à bénéficier de sa générosité dans le futur, et éviter d'encourir des châtiments en le contrariant.
Enfin, Loui-J était le médiateur désigné par Lui pour nous faire comprendre tout cela.

Nous voulions parler à Loui-J. Et après la cérémonie, nous tentâmes de l'approcher. Beaucoup de gens l'entouraient, et parmi eux de nombreuses personnes en cravate et en talons aiguilles. Toutefois, quand il nous aperçut, il se fraya un chemin vers nous en souriant.

—Alors ? dit-il, qu'est-ce que vous pensez de tout cela ?

Ce fut Mich-L qui répondit :

— C'est vraiment très intéressant, mais il y a beaucoup de choses que nous aimerions éclaircir avec toi, et c'est difficile d'en parler ici ...

Je proposai que nous nous réunissions chez moi, et à notre étonnement, après une courte hésitation, Loui-J accepta.

Quelques heures plus tard, nous étions tous dans mon appartement, à l'exception de Veronic-A qui avait pensé que, ne la connaissant pas, Loui-J parlerait plus aisément en son absence.

Ce fut Jessi-K qui ouvrit le débat, par une interrogation d'apparence anodine :

— Sais-tu pourquoi il y a de plus en plus d'hommes qui portent la cravate et de femmes en talons aiguilles dans la rue, et pourquoi il y en a tant à tes réunions ?

Loui-J était détendu, et il répondit immédiatement :

— Bien sûr, c'est moi qui le leur ai demandé...

Puis il continua :

— J'ai demandé à ceux qui croient en mes idées et veulent les propager de s'habiller ainsi. Cela leur permet de se reconnaître entre eux, et de distinguer ceux qui sont convaincus de ceux qu'il faut convaincre...

— Mais pourquoi chercher à convaincre ? demanda Kar-N.

— Quand on a compris quelque chose, il est naturel de vouloir le partager, répondit-il un demi-sourire un peu hautain aux lèvres...

— Ne trouves-tu pas que les fondements de ta théorie sont un peu « minces » ? intervint Jessi-K.

— C'est une question de conviction, et je sais..., répondit Loui-J un peu sèchement.

— C'est bien ce qui nous trouble. Jusqu'à ce que nous te retrouvions ici, nous avions perçu beaucoup de rigueur dans tes déductions..., dis-je alors.

Loui-J ne répondait pas, et Mich-L, qui n'était pas intervenu jusqu'à présent, décida de poser une question brutale.

45 - ANTHROPIE

Le lendemain, Candice, Pierre, et Alix étaient réunis dans le bureau de ce dernier.

— Alors ? On commence par les fourmis ou par les abeilles ? demanda Candice.

Apres un instant de flottement Pierre répondit :

—En fait, ce qui intéresse notre donneur d'ordre, c'est de pouvoir étudier le comportement émergeant d'une collectivité d'agents dotés de capacités individuelles d'inférences logiques.

— Des fourmis ou des abeilles... rationnelles ?

— Non, non. À vrai dire, ni les unes ni les autres...

Candice ne fut qu'à moitié surprise mais elle ne put s'empêcher de dire :

— Alors nous avons travaillé pour rien...

— Mais le système que tu élabores avec ton équipe est essentiellement paramétrable et polyvalent, n'est-ce pas ? intervint Alix.

Candice opina de la tête et Alix poursuivit :

— Il me semble que ce qui a été fait jusqu'à présent permet d'envisager une petite collectivité d'agents rationnels évoluant dans un environnement minimaliste, dotés de capacités réactives et d'interactions entre eux.

Candice se doutait depuis quelque temps déjà, qu'on ne lui avait pas révélé toutes les facettes du projet. Elle décida de le faire savoir, d'une manière indirecte :

— Mais alors, les insectes, les mammifères, les différents environnements à définir, savane, jungle, que reste-t-il de tout ce que nous avions évoqué ?

— À terme, il faudra bien le faire, car le but est de pouvoir étudier tous types de collectivités, dit Pierre.

—Mais pour le moment nous n'en sommes pas là et nous devons être plus spécifiques... ajouta Alix.

Candice voyait qu'ils avaient tous deux l'air mal à l'aise, et elle insista d'un ton vif :

— Mais il faut bien définir le type d'agents qui doivent être dotés de ces capacités d'inférences, vous souhaitez des pseudo-cellules, des pseudo-insectes, des pseudo-animaux, de pures entités logiques ou bien quoi d'autre ?...

Pierre et Alix étaient de plus en plus gênés.

— Il faut donner aux agents du système des caractéristiques anthropiques, et sur cette base, le système devra rester polyvalent et évolutif.

— En somme, vous souhaitez en priorité un système multi-agents, dont les agents, plongés dans un environnement simple, devront se comporter comme des humains dotés de réactions uniquement rationnelles. Ai-je bien compris ?

— Oui, dit Pierre.

Candice réfléchissait rapidement, il était clair que Pierre et Alix savaient pertinemment qu'une communauté uniquement dotée de telles caractéristiques n'existait pas dans la réalité, et que, contrairement à ce qui avait été le cas pour les fourmis et les abeilles, il n'y aurait donc pas de comparaison possible entre le système multi-agents et la réalité. Elle en conclut qu'ils n'étaient pas vraiment intéressés par la simulation d'un groupe, mais plutôt par l'étude de la logique globale qui émergerait des interactions de plusieurs agents rationnels entre eux.

L'atmosphère était pesante, elle se leva, se dirigea vers la porte, puis, au lieu de sortir elle se retourna et demanda :

— Pourquoi ne pas m'avoir expliqué cela dès le début ?

Pierre sembla soulagé par la question, mais avant qu'il ne réponde, Alix répliqua par une autre question.

— Ca ne t'a pas fait perdre de temps, n'est-ce pas ?

Candice réfléchit un moment et dit :

— Non, pas vraiment... il a fallu d'abord former l'équipe, puis reprendre mes travaux de doctorat et réfléchir aux fondements et aux outils nécessaires au développement d'un système multi-agents complexifiable, mais il était temps que nous sachions où nous allons.

Puis Pierre répondit à sa question en plongeant ses yeux dans les siens :

— Ce n'est pas que nous ne souhaitions pas te dire tous les tenants et aboutissants du projet, mais nous ne pouvions pas. J'espère que tu ne nous en veux pas.

Elle soutint son regard, ou plutôt elle accepta son regard, et déclara :

— Je crois que vous souhaiteriez peut-être, mais que vous ne pouvez toujours pas « tout me dire » ; mais, pour le moment au moins, nous pouvons continuer... Puis après un court silence elle ajouta en souriant :

— Non je ne vous en veux pas.

46 - RENVERSEMENT

— Tu crois vraiment aux idées que tu professes ? Ou bien as-tu un intérêt à les propager ? demanda Mich-L en regardant Loui-J droit dans les yeux.

Celui-ci, tout en essayant de soutenir le regard de Mich-L, tenta de biaiser :

— Bien sûr, par définition j'ai un grand intérêt pour ce qui est intéressant... et qui est vrai...

Cette réponse fuyante nous laissa perplexe et silencieux. Au bout d'un moment Kar-N demanda d'une voix douce :

— Et tu crois aussi vraiment que, s'il y a un Architecte Grandiose, sa principale préoccupation est de laisser les gens chercher s'il existe ou non, récompenser ceux qui croient en lui et punir ceux qui ne croient pas en lui ? On peut trouver mieux comme occupation non ?

Loui-J s'agita sur sa chaise, et réagit vivement :

— Vous avez trouvé, vous, ce que nous faisons ici ? Vous avez une explication ?

Avez-vous noté que nous sommes de plus en plus nombreux et que si certains sont arrivés, comme nous, après avoir résolu un problème logique, il y en a beaucoup qui sont arrivés ici par hasard ? Avez-vous remarqué que depuis que je répands mes idées, l'atmosphère est moins lourde et que les gens communiquent plus parce qu'ils ont un sujet de discussion, et des activités communes ? Vous critiquez ce que je professe, mais vous n'avez aucune explication à mettre à la place... Mon explication, elle, a au moins le mérite d'exister...

— Peut-être vaut-il mieux continuer à chercher, que de se

contenter d'une explication toute faite, hasardai-je, ce serait un autre moyen d'encourager les gens à communiquer...

Loui-J réfléchit un moment, puis, semblant se décider, sa voix se fit plus calme pour nous dire, un peu sur le ton de la confidence :

— Supposez que, les gens devenant de plus en plus nombreux, il advienne des problèmes dans la répartition des biens que notre environnement nous fournit aujourd'hui. On peut penser que cela génèrera des conflits entre individus ou groupes d'individus. Il vaudra mieux alors se trouver parmi ceux qui décident que se trouver parmi ceux qui subissent ... c'est une question de survie... Le système que je propose a l'immense avantage de faire le tri entre les uns et les autres. Ceux qui *ne croient pas* à mes idées n'ont qu'à se ranger à mes côtés et m'aider à les répandre auprès de ceux qui sont prêts à y croire...

Nous restâmes un moment abasourdi par ce brusque renversement de perspective.

— Donc tu ne crois pas vraiment aux idées que tu professes... murmura Jessi-K.

Loui-J répondit par une pirouette :

— A ton avis de quel côté suis-je ? Celui de ceux qui veulent décider ou l'autre ? La réponse devrait te permettre de te faire une idée... Et d'ailleurs, quelle importance ?

— Comment vas-tu distinguer ceux qui ont décidé par calcul de se ranger à tes côtés, de ceux qui croient vraiment à tes idées ? demanda Mich-L .

— Là encore, je crois que cela n'a pas beaucoup d'importance, car ce qui compte c'est l'efficacité de ceux qui propagent ces idées. Toutefois, si j'en juge, par le nombre d'hommes qui acceptent, à mon instigation, de porter autour du cou un attirail qui les oblige à maintenir leur col fermé et empêche toute circulation d'air à l'intérieur de leur chemise même quand il fait très chaud, et si j'en juge par le nombre de femmes qui pour montrer qu'elles croient à mes idées acceptent de ne pas pouvoir marcher normalement et de risquer de se tordre les pieds à tout moment, je ne suis pas inquiet sur le nombre de gens qui voudront répandre la bonne parole...

— Toi aussi tu dois avoir chaud... dit Kar-N, en désignant la cravate rouge de Loui-J.

Le léger sourire hautain réapparu sur ses lèvres et il répondit :

— Il faut bien montrer l'exemple...

Jessi-K eut alors une réflexion déroutante :

— Ton collier de perles ne te gêne pas sous ta cravate ?

Pendant un bref instant Loui-J eut l'air surpris, puis il sortit de sa poche un collier de perles blanches et noires, le posa sur la table, et il ajouta :

— Ainsi, vous en avez un, vous aussi... Je croyais que j'étais le seul... Le fermoir est compliqué, et je n'ai pas pu l'enlever avant d'avoir accès à un miroir...

Nous regardâmes le collier quelques instants ; en partant du fermoir, les couleurs de perles se répartissaient ainsi : Noire, Blanche, Noire, Noire, Noire, Blanche, Blanche, Noire. Puis Loui-J reprit :

— Je n'ai rencontré personne d'autre portant ce genre de collier. Pour moi c'est un signe... Dès que j'ai senti sa présence autour de mon cou, j'ai su qu'il était le signe de ma Force, et que j'attirais le pouvoir tout comme le pouvoir m'attirait...

Même après ce qu'il venait de nous confier, à le voir, il était difficile de savoir si Loui-J croyait ce qu'il disait ou bien s'il jouait la comédie. Il ajouta :

— Ceux d'entre nous ayant eu un halo ont aussi un collier. Joignons nos efforts et nous serons invincibles...

Après quelques instants de silence, je demandai :

— Et si nous ne nous rangeons pas à tes côtés ?

Loui-J recommença à s'agiter sur sa chaise, et sans nous regarder il dit d'une voix tendue :

— Dans ce cas je vous demande de ne pas vous mêler de ça...

— Pourquoi ne participerions-nous pas au débat pour faire connaître nos propres idées ? insista Jessi-K.

Loui-J se leva brusquement de sa chaise, se dirigea vers la porte d'entrée, l'entrouvrit, et se retournant vers nous il dit d'une voix cassante :

— Je crois que vous n'avez pas bien compris... et je vais être plus clair... Ceux qui ne sont pas avec nous, sont contre nous.

Puis il sortit, et referma brutalement la porte.

— Comment savais-tu qu'il avait un collier demanda Mich-L à Jessi-K.

— Je ne le savais pas, mais il m'a semblé en apercevoir un chez plusieurs d'entre nous, et je me suis dit que peut-être nous portions tous un collier... du moins, dans notre groupe.

Alors j'ai essayé...

— De plus, ainsi que j'ai pu le constater, il existe au moins deux colliers à l'extérieur de notre groupe, ceux portés par le couple d'Invariants. Il serait peut-être intéressant que nous ôtions nos colliers et que nous les comparions, suggéra Kar-N.

Effectivement, c'était une bonne idée...

47 - RENSEIGNEMENTS

Comme ses inclinations étaient nettement plus politiques que techniques, Hervé s'appuyait complètement sur Théo et Jean-Marie. Il considérait que, une fois constituée l'équipe adéquate, son rôle principal consistait à assurer et à faciliter le bon déroulement du projet, et surtout, à ne pas être court-circuité en tant qu'interlocuteur principal de Pierre et Alix d'une part et de l'équipe d'autre part. Cela lui était facilité par le fait que Théo et Jean-Marie, ayant été engagés pour le projet, étaient nouveaux dans la société.

Visiblement Thérèse avait trouvé l'homme qu'il fallait en la personne de Théo, et Jean-Marie avait eu à cœur de s'intégrer le plus rapidement possible dans son nouvel emploi. Tout en secondant Théo, Jean Marie semblait porter un grand intérêt à tous les domaines d'activité de la compagnie. Hervé s'était rapproché de lui, non seulement pour cette raison, mais aussi par ce qu'il espérait pouvoir en tirer des informations utiles concernant son ex-employeur.

Le projet de logiciel d'extraction de connaissances avançait bien. On en était maintenant au stade de la version alpha, ce qui signifiait dans le jargon du métier qu'une version du logiciel pouvait tourner en interne, mais qu'elle ne disposait pas encore de toutes les fonctionnalités prévues.

Hervé se disait que, objectivement, les choses n'allaient pas mal pour lui. Mais malgré cela, le fait de dépendre de Pierre, d'avoir l'impression que celui-ci et Alix ne lui disaient pas tout, et ce avec la bénédiction du Boss, le laissait profondément insatisfait. En outre, le département de sécurité de l'entreprise avait mis en vigueur des procédures invraisemblables pour empêcher toute fuite, et fait en sorte que ni Hervé ni aucun membre de son équipe ne pouvaient avoir accès à la totalité du code source. Cette défiance générale l'agaçait au plus haut point.

Il s'était rendu compte que Pierre et Alix chapeautaient aussi un projet bizarre concernant des abeilles, et que pareillement celui-ci était soumis à ces mêmes procédures de sécurité drastiques. Le fait de savoir que ces mesures de sécurité exceptionnelles n'étaient pas uniquement destinées à son équipe ou à lui-même, était rassurant, mais cela renforçait en lui le sentiment exaspérant de ne pas être « dans le secret des dieux ».

À l'occasion d'un pot de départ à la retraite, il s'arrangea pour engager la conversation avec Candice.

Après quelques banalités et plaisanteries d'usage sur la retraite et le temps qui leur restait avant de pouvoir donner eux-mêmes leur pot de départ, Hervé demanda :

— Vous êtes contente de votre travail ? J'ai entendu dire que vous vous occupiez d'un projet d'un genre nouveau.

— Oui et vous-même ? rétorqua Candice, sans complètement répondre à la question.

— Ma foi, pour moi aussi les choses vont bien. Je m'occupe d'un projet d'extraction de connaissances, et cela commence à avancer. On m'a dit que vous travailliez sur les insectes, et je dois dire que c'est bien la première fois que j'entends parler d'un sujet comme celui-ci dans cette société.

Hervé trouvait Candice tout à fait à son goût, et l'attitude réservée de celle-ci le contrariait un peu. Mais il était fin psychologue, et cela le rendait d'autant plus redoutable qu'il mettait sans vergogne cet atout au service de ses ambitions. Il continua :

— Après tout, ce n'est pas tant la nature du projet qui compte que la possibilité de s'y épanouir. Non ?

— C'est vrai. Un travail passionnant, ce n'est plus vraiment du travail... Et les perspectives ouvertes par l'extraction de connaissances doivent être captivantes.

— Mais vous vous occupez vraiment d'insectes ? insista-t-il innocemment.

Hervé commençait à lui paraître sympathique. Pourtant, bien que, tôt ou tard, les dernières évolutions de son projet finiraient par se savoir au sein de la société, Candice s'en tint à la version d'origine, d'autant plus que Pierre et Alix lui avaient demandé de garder le secret le plus longtemps possible.

— Oui, il s'agit d'abeilles...

— Et qui est le client ?

— Je n'en sais rien... Peut-être un organisme d'études apicoles...

Ils furent interrompus par les invités se regroupant autour du futur retraité, car celui-ci ouvrait son cadeau.

Elle s'éclipsa dès la fin du discours de remerciement, ce qui le contraria. Mais finalement il n'était pas mécontent. Il la trouvait très attirante. Il avait brisé la glace et s'il pouvait joindre l'utile à l'agréable...

Quant à Candice, elle se disait que Hervé gagnait à être connu.

Le lendemain Hervé suggéra à Jean-Marie de faire connaissance et de discuter informellement avec les membres de l'équipe du projet de Candice, dans le but d'approfondir son intégration à la société. Jean-Marie se fit d'autant moins prier qu'il avait déjà commencé à le faire avant même que Hervé ne le lui conseille.

48 - TOBOGGAN

Le logiciel fantasque avait finalement produit trois dernières séries de zéros et de uns, suivies des lettres A et G apparues pendant un moment. Puis, plus rien ne s'était passé. Pierre aurait pu oublier tout cela, car aucun dysfonctionnement n'avait été constaté sur son ordinateur, ni sur ceux de ses collègues. Toutefois, à chaque fois qu'il se mettait en marche, le logiciel de veille se rappelait à lui en affichant sur chacun des huit premiers écrans les séries de huit caractères qu'il avait produite précédemment. Toutes les séries commençaient par le caractère zéro. Si on les traduisait en nombres décimaux cela donnait la liste : 70, 61, 107, 109, 77, 47, 100, et 50. Bien que jusqu'à présent Aloïs ne l'ait pas beaucoup aidé à y voir clair sur ce sujet, après tout sans grande importance, Pierre était quand même décidé à lui montrer, ainsi qu'il l'avait demandé, ce qui semblait être la liste finale produite par le logiciel.

De plus, Pierre avait souvent repensé à ses dernières discussions avec Aloïs. Quelque chose l'intriguait, et qui n'était pas sans rapport avec son projet.

Aloïs aimait le jardin public situé non loin de chez lui, et il s'y promenait régulièrement. Ils avaient convenu de s'y retrouver en fin d'après-midi.

Lorsque Pierre arriva, Aloïs était assis sur un banc, un cartable à ses côtés, plongé dans la lecture d'une revue scientifique. Non loin du banc, il y avait un bac à sable de taille respectable, au milieu duquel trônait un toboggan. Quelques bambins jouaient sous le regard bienveillant de leurs mères. Pierre s'assit à côté d'Aloïs. À en juger par le large sourire qui éclairait sa face, celui-ci était content de le voir. Il jeta un rapide coup d'œil à la liste que lui montra Pierre et se contenta de dire :

— Effectivement, je pense que la liste ne s'allongera plus.

— Vous savez donc ce qu'elle signifie ?

— Cela demande réflexion... Vois-tu, nous avons associé à ces nombres binaires, les nombres décimaux correspondants, mais peut-être existe-t-il une autre correspondance à associer à ces nombres binaires, et qui donnerait un sens à la liste...

Puis il se tut. Et comme il ne semblait rien vouloir ajouter, ce fut Pierre qui changea de sujet.

— Au fond, dit-il, on peut parler d'isomorphisme, lorsqu'on a un modèle qui permet de simuler quelque chose, et que cela marche particulièrement bien...

Aloïs réfléchi quelques instants et répondit :

— Je ne pense pas que ça se limite à cela... Certes, supposons que tu veuilles construire un pont. Tu peux faire une maquette, et si celle-ci est particulièrement bien adaptée, tu peux t'en servir pour prédire le comportement du pont, sous l'effet du vent par exemple, ou d'un tremblement de terre, ou sous l'effet d'une surcharge. Tu as construit ce modèle en vue de simuler les comportements de l'ouvrage qui va être construit. A mon sens un isomorphisme ne se construit pas, mais plutôt on le découvre. On découvre une identité de structures et de comportement entre des ensembles (on pourrait dire des mondes) qui a priori n'ont rien à voir les uns avec les autres, mais qui pourtant par certains côtés sont équivalents. Il n'est pas fréquent de mettre en évidence un isomorphisme. Cela demande la mise en commun des savoirs et des efforts de personnes aux capacités exceptionnelles, souvent pendant plusieurs générations.

Pierre n'était pas totalement convaincu. Il revint à la charge.

—Mais peut-on dire que les mathématiques ont été découvertes et qu'elles préexistaient à l'homme ? Ou bien ont-elles été construites ? Et de même le langage, et l'écriture ont bien été construits et non découverts.

— Ceci est encore un vaste débat, et là non plus, je ne sais pas s'il sera tranché un jour. En ce qui concerne les mathématiques, les tenants du platonisme mathématique pensent, comme Platon le croyait, que les objets mathématiques existent par eux-mêmes, de manière autonome. D'autres pensent que les objets mathématiques sont une construction de l'esprit humain. En ce qui concerne le langage et la pensée, certes ils sont liés aux êtres qui pensent et qui s'expriment, mais on peut aussi se demander si la potentialité de penser et de s'exprimer est forcément liée à l'espèce particulière qui pense ou qui s'exprime.

— En fait, reprit Pierre, la frontière entre isomorphisme et modélisation est peut-être floue...

Tout en parlant, Aloïs observait avec attention les agissements d'un tout petit bonhomme dans le bac à sable. Il avait gravi péniblement les quelques marches du toboggan, et assis au sommet il s'apprêtait à se laisser glisser. Avant que sa mère n'ait eu le temps de s'approcher, il avait déjà dévalé la pente, et n'ayant ni l'habitude, ni les réflexes nécessaires, il termina sa course un peu brutalement, son postérieur rencontrant la dureté du bac à sable. Il resta une seconde interloqué, puis sa lèvre inférieure s'avança comme malgré lui, et tout en se tenant les fesses il se dirigea vers sa mère en pleurant. Non loin de là, sa petite sœur apparemment indifférente à ses malheurs plongeait avec délice ses mains, et même ses avant-bras, dans le sable du bac.

— Oui, peut-être cette frontière est elle plus floue que je ne me l'imagine. C'est peut-être une question de granularité, dit Aloïs en fixant le bac à sable.

— Granularité ?

49 - VISION

Nous avions comparé les colliers portés par chacun d'entre nous. Ils étaient tous composés de huit perles blanches ou noires, tous commençaient par une perle noire à partir du fermoir, mais tous les agencements étaient différents. Et ils étaient différents aussi, de l'agencement du collier de Loui-J et de ceux des colliers des Invariants décrits par Kar-N. Étonnamment, même s'ils se ressemblaient tous, nous n'avions pas de mal à nous souvenir de la composition de chaque collier. Un peu comme si ce monde de blanc et de noir nous était familier. Mon collier était composé ainsi : noir, blanc, noir, noir, blanc, blanc, noir, blanc ; et l'agencement du collier de Jessi-K était noir, blanc, blanc, noir, blanc, blanc, noir, blanc. Avec les colliers des Invariants et de Louis-J cela formait un ensemble de sept colliers différents.

J'avais prévu d'attendre un peu, mais pas trop, avant de retourner à la tour, et je proposai à Jessi-K de m'y accompagner en fin d'après midi.

Pour emprunter le chemin de la colline, nous devions d'abord traverser la place, et plus nous en approchions plus nous croisions de cravates et de talons aiguilles... Nous fûmes abordés plusieurs fois par des couples sympathiques, qui nous expliquaient tout le bien que l'Architecte Grandiose, A.G. (c'est ainsi qu'ils l'appelaient familièrement, pour montrer leur proximité avec lui), nous voulait et pourquoi nous devions assister aux réunions de Loui-J. Nous nous rendîmes vite compte que le moyen le plus efficace d'abréger ces conversations forcées, était de paraître très intéressé et de demander quand et où aurait lieu la prochaine réunion.

Lorsque nous passâmes près de la fontaine, Jessi-K s'arrêta, et, me tirant par le bras, elle désigna la sphère sur laquelle était assise la statue. Le long de l'équateur de la sphère, couraient huit séries de petits carreaux noirs et blancs, semblables à huit petites chenilles se suivant les unes derrières les autres. Sur sept d'entre elles, nous reconnûmes les mêmes agencements noirs et blancs que ceux des colliers...

Le sommet de la colline était désert. Le soleil n'était pas encore couché et éclairait la porte d'entrée de la tour. Je m'approchai du digicode, et l'examinai attentivement, d'abord de face, puis de chaque côté, de dessus, et de dessous.

— Qu'est-ce que tu espères ? me demanda Jessi-K, avec un petit sourire amusé.

— La dernière fois, lui répondis-je, j'ai essayé de mettre une fine couche de poussière sur les touches du digicode, et je tente de voir si, depuis, certaines d'entre elles ont été pressées.

— Même si tu y arrives, tu n'en auras pas pour autant la solution...

Sur les touches du digicode apparaissait une partie de l'alphabet, apparemment sans signification ni ordre particuliers. Mon examen méticuleux montra que la poussière avait disparu sur quatre d'entre elles : C, H, S, U.

— Si le code ne comporte que quatre lettres alors nous avons probablement la solution répondis-je, car, dans ce cas, aucune d'entre elles n'est pressée deux fois, et, après tout, le nombre de possibilités n'est pas si élevé que cela***.

*** -Si, le code ne comporte que 4 lettres, et que 4 touches différentes ont été pressées, alors toutes les lettres du code sont différentes.

-Il y a 4 manières possibles de choisir la première lettre du code parmi C,H,S,U ; pour chacune de ces manières il y a alors 3 manières possibles de choisir la deuxième lettre, ce qui fait 4 X 3 soit 12 manières de choisir les deux premières lettres. Pour chaque manière de choisir les deux premières lettres, il n'y a plus que 2 manières de choisir la troisième, ce qui *fait donc 24 possibilités de choisir les trois premières lettres. Bien évidemment, pour chaque manière de choisir les trois premières lettres il n'y a alors plus qu'une seule possibilité pour la quatrième lettre qui découle donc du choix des trois premières.*

Ainsi, dans l'hypothèse où il s'agissait d'un code à quatre lettres, il y avait en tout 24 combinaisons possibles à essayer.

Jessi-K qui avait tout de suite compris, prit un bâton, traça une lettre par terre et me dit :

— Allons-y, commençons par la lettre "C"....

À la dix-septième combinaison, la porte s'ouvrit.

Nous pénétrâmes dans la tour, et nous grimpâmes la cinquantaine de marches d'un escalier en colimaçon. Au sommet de la tour, l'escalier débouchait sur une petite salle circulaire offrant un panorama à trois cent soixante degrés sur l'extérieur, et nous pouvions apercevoir les derniers lacets du chemin montant depuis la ville. Au centre de la salle, il y avait une sorte de pupitre comportant deux joysticks, à côté desquels étaient posées deux paires de lunettes. Le léger ronronnement d'un ventilateur formait un discret fond sonore.

Après avoir observé quelques instants le paysage et le ballet naissant des lumières de la ville, sans même nous consulter, nous essayâmes les lunettes. Celles-ci étaient complètement opaques. Chacune d'elles était reliée à une prise par un cordon, et nous nous aperçûmes que les prises n'étaient connectées nulles part. Alors que je m'étais mis en tête de trouver l'endroit où les brancher, Jessi-K m'interrompit, pointant un doigt vers l'extérieur dans la direction du chemin. On pouvait encore distinguer entre chien et loup deux silhouettes se dirigeant vers le sommet de la colline.

Nous remîmes les lunettes dans la position où nous les avions trouvées, descendîmes quatre à quatre l'escalier en colimaçon, et sitôt sortis de la tour, nous nous dissimulâmes dans les buissons, juste à temps pour apercevoir, silencieux comme à l'accoutumée, le couple d'Invariants, débouchant du dernier lacet, pénétrer dans la tour.

Nous attendîmes que la nuit soit complètement tombée, et nous redescendîmes discrètement vers la ville.

50 - ENTROPIE

Pierre pensa un moment que le vieil homme avait perdu le fil de la conversation mais celui-ci reprit.

— Oui, granularité est probablement le mot qui convient le mieux pour exprimer que l'échelle à laquelle on se place influe sur la perception d'une modélisation. Pour les fesses du petit garçon qui vient de glisser du toboggan, le sable peut être décrit comme un milieu continu, solide et capable, comme il vient d'en faire la dure expérience, de résister à un choc. Et si plus tard il devient ingénieur civil il trouvera dans la littérature nombre d'équations décrivant le comportement de ce milieu. Par contre, si sa petite sœur décide plus tard de fabriquer des sabliers par exemple, elle considérera le sable comme un milieu discontinu, pénétrable, et pouvant s'écouler. Ce ne seront pas du tout la même description, ni les mêmes équations qui s'appliqueront.

— Il s'agit donc là plutôt de modélisations, qui sont établies en fonction des besoins.

La mère des deux petits enfants, avait sorti de son sac une bouteille en plastique à moitié remplie de ce qui semblait être un mélange d'eau et de grenadine puis, après leur avoir donné à boire, elle se dirigea vers un des sacs-poubelle disposés dans le jardin, et y jeta la bouteille vide.

— On peut voir cela comme ça..., répondit Aloïs, tout en contemplant la scène. Mais parfois le distinguo n'est pas facile à faire.

Il se pencha avec une étonnante souplesse, ramassa un petit caillou à ses pieds et le lança à quelques mètres devant lui. Puis il reprit :

— De même que les équations de Monsieur Newton permettent

de décrire la trajectoire d'un caillou et de prévoir l'endroit où il tombera, on pourrait vouloir décrire le comportement de l'air contenu dans la bouteille dont vient de se séparer cette dame, en écrivant pour chaque molécule les équations de son mouvement en fonction des interactions qu'elle subit avec les autres molécules. Alors, si l'on connait exactement les conditions initiales du système et si les équations pour chacune des molécules sont exactes, on aura un véritable isomorphisme, une correspondance parfaite entre le comportement du gaz et ce que prévoient les équations. Le seul problème c'est que pour le gaz de cette bouteille nous aurons à traiter alors les équations d'environ 50,000 milliards de milliards de molécules.

— Ça fait beaucoup en effet, et bien sûr, pour l'instant, avec les technologies connues, aucun ordinateur n'a une telle capacité de calcul...

— Et nous risquons d'attendre très longtemps... Car supposons que nous arrivions à fabriquer une machine résolvant les équations d'un million de ces molécules par seconde. Pour traiter l'ensemble des molécules de gaz contenu dans cette seule bouteille, il faudrait à notre machine un milliard d'années.

— Heureusement qu'elle n'a pas jeté un magnum de champagne vide... marmonna Pierre.

— Certes, car à supposer que, malgré tout notre machine garde le même rythme, il nous faudrait alors environ 4 milliards d'années soit à peu près l'âge de notre planète... et 15 milliards d'années, un peu plus que l'âge estimé de notre univers, pour un jerrican, ajouta-t-il.

— Bon alors pas d'isomorphisme concernant les gaz, dit Pierre, qui se doutait de la suite.

— Cela n'est pas si simple... Comme tu le sais, ce n'est pas parce qu'on ne peut pas résoudre les équations régissant le comportement de toutes ces molécules, que l'on ne peut pas prévoir le comportement d'un gaz. En fait, à notre échelle, si l'on connaît la pression, le volume, et la température d'un gaz on est capable de prévoir son comportement grâce aux lois, d'abord mises en évidence expérimentalement, liant ces différents paramètres. Et lorsque le gaz est peu dense, ces lois sont particulièrement simples ! Puis, on a pu retrouver ces lois en estimant de manière purement statistique la vitesse des molécules de ces gaz. Certes, les infimes fluctuations de comportement du gaz ne sont pas prises en compte dans cette description.

— Mais cela ne nous gêne pas, compléta Pierre, car ces fluctuations ne sont pas perceptibles à notre échelle.

— C'est cela ; mais, malgré la simplicité apparente de ces lois, et leur interprétation purement statistique, ce modèle a donné lieu à des raisonnements extrêmement subtils, dont les développements permettent d'expliquer des phénomènes fondamentaux, dans des domaines très divers, comme entre autres pourquoi, une fois que la maman de ces deux enfants à mélangé l'eau et la grenadine dans la bouteille, aussi longtemps qu'elle attende, l'eau et la grenadine de la bouteille ne se re-sépareront pas en deux parties distinctes, et de manière plus générale, comme le caractère irréversible de l'évolution de notre univers, dans lequel le temps s'écoule du passé vers l'avenir et pas dans l'autre sens...

Pierre acquiesça, et Aloïs continua :

— Tout se passe comme si les particules ne se préoccupaient pas du sens du temps.

— Elles sont indifférentes au temps qui passe ?

— Non, le temps compte pour elles, mais le sens dans lequel celui-ci s'écoule (du passé, vers le futur) ne semble pas avoir d'importance. En d'autres termes, si on pouvait filmer une particule et que, ensuite, on visionne le film, rien ne permettrait de discerner si l'on passe le film à l'endroit ou à l'envers.

— Pourtant, dans notre univers, on peut nettement distinguer le sens du temps qui s'écoule du passé vers le futur...

— Oui, mais cela se passe à un autre niveau... Ainsi, si l'on enferme dans une boîte un « gaz rouge » et un « gaz blanc », séparés par une barrière et que l'on enlève la barrière entre eux, les deux gaz finiront par se mélanger car leurs molécules s'agitent et s'entrechoquent. En effet, il y a un nombre incommensurablement plus grand de positionnements possibles des molécules correspondant à la situation « mélange », que le nombre de positionnements possibles des molécules correspondant à une situation « gaz séparés ». La même chose se produirait avec la grenadine et l'eau de ces enfants... Pour prendre une image, il existe un nombre gigantesque de manière d'assembler les pièces détachées d'un avion sans aucun ordre, alors qu'il n'y a qu'une manière de les assembler pour qu'elles forment un avion.

— Oui, compléta Pierre qui se souvenait de ses cours, bien que cela soit théoriquement possible, on ne verra jamais le mélange des deux gaz ou celui d'eau et de grenadine se re-séparer spontanément, car pour que le mélange se re-sépare il faudrait un concours de circonstances exceptionnelles dans la manière dont les molécules de chaque catégorie s'entrechoquent ; et la probabilité de ce concours de circonstances est infinitésimale...

— Ainsi, il y a un sens, une direction, dans laquelle les systèmes laissés à eux-mêmes évoluent naturellement vers plus d'homogénéité. C'est ce qu'on appelle l'augmentation de l'entropie, et cela détermine le sens de l'évolution de ces systèmes. Et s'il en est ainsi des systèmes composant l'univers alors, c'est de là que viennent le sens de l'évolution des choses et la direction de la « flèche du temps ».

Il ajouta, mi nostalgique, mi moqueur :

— D'ailleurs, tout comme toi, je suis un de ces systèmes soumis à la flèche du temps...

Il s'abîma un moment dans ses pensées et déclara :

— Vieillir n'est pas très agréable, mais l'alternative est encore moins réjouissante !

Puis, retrouvant le sourire, il s'exclama :

— Ah ! J'oubliais... J'ai un cadeau pour toi ! Je l'ai trouvée chez un antiquaire.

Il ouvrit sa serviette, et en sortit une petite statuette en bronze, qu'il donna à Pierre. Elle représentait une jeune femme peu vêtue, assise sur une sphère, tenant une tablette de la main gauche, et dont la main droite s'élevait à hauteur de l'épaule.

Pierre sourit de plaisir. Il avait mentionné un jour qu'il lui arrivait de passer par le parvis de l'hôtel de ville de Paris, juste pour le plaisir d'y contempler cette statue de Jules Blanchard. Il lui semblait que le mélange de détermination et de sensualité émanant de cette sculpture, ainsi que sa signification allégorique, s'adressaient à la fois à son cœur et à sa raison. Non seulement Aloïs avait une bonne mémoire, mais c'était un homme attentionné !

— Cela me touche profondément. Elle trônera sur mon bureau. Dorénavant je travaillerai sous sa bienveillante surveillance et elle me fera penser à vous !

Pendant qu'il rentrait chez lui, Pierre, ému et content du

cadeau d'Aloïs, réfléchissait à la conversation qu'ils venaient d'avoir. Certes, vers la fin, celle-ci avait évolué vers des considérations qui lui semblaient intéressantes mais assez éloignées de son projet. Cependant, la première partie de la conversation renforçait en lui le sentiment que ce projet ne pourrait constituer, au mieux qu'une « modélisation plutôt grossière ». Enfin, il n'avait pas appris grand-chose sur cette irritante liste de zéros et de uns, si ce n'est que, selon Aloïs, celle-ci était maintenant probablement complète. C'était vraiment sans importance, mais il décida quand même d'envoyer par courriel à Alix et à Candice la liste de nombres binaires, ainsi que la traduction en nombres décimaux, et de leur demander s'ils y voyaient une quelconque signification.

51 - VERSION ALPHA

Le jour où Alix pénétra dans le bureau de Pierre, et l'informa, les yeux brillants, qu'une version alpha du logiciel d'extraction de connaissances était disponible, Pierre sentit son cœur battre plus fort dans sa poitrine. Ils étaient conscients qu'ils abordaient là une étape cruciale de leur projet.

— Le logiciel, dit Alix, semble donner des résultats satisfaisants. Si on formule une question sous forme de requête, il parcourt l'Internet, sélectionne toute information sur le sujet disponible sur le réseau quel que soit son format, évalue la pertinence de chacune des informations en la comparant à l'ensemble des autres informations, ainsi qu'à la fiabilité des sites explorés. Il crée ensuite un tableau synthétique qui inclut les liens logiques et sémantiques avec les notions environnantes.

— Il est d'ores et déjà opérationnel ? demanda Pierre.

— On ne peut pas encore l'interroger en langage naturel et la formulation des requêtes doit être formatée. De même, le format des réponses est lui aussi unique.

— S'ils ont travaillé selon nos instructions, cela ne devrait pas nous gêner...

— Oui, ils ont suivi les formats que nous avions spécifiés tant pour les requêtes, que pour les réponses.

— Et est-ce que Candice avance avec ses agents rationnels ?

— Elle a réalisé un prototype, avec une cinquantaine d'agents, dans un milieu assez austère, mais pour le moment c'est plutôt décevant parce qu'il ne se passe pas grand-chose. On ne détecte pas de comportement émergeant dans cette collectivité, qui demeure plutôt passive...

Avant même que Pierre ait posé la question, Alix ajouta :

— Comme nous le lui avons demandé, Candice a doté chacun des agents de la capacité d'émettre des requêtes dès que le besoin existe, et d'intégrer les réponses dans les mêmes formats que ceux que nous avons définis pour le système d'extraction de connaissances. Jusqu'à maintenant, cette capacité n'a pas pu être testée, puisque le logiciel d'extraction de connaissances n'était pas encore disponible.

— Et bien j'ai vraiment hâte de voir ce que ça va donner, murmura Pierre.

Il prit son téléphone, et demanda à Candice si elle était disponible. Celle-ci les rejoignit rapidement.

— Peux-tu nous décrire, s'il te plaît, l'environnement dans lequel sont placés les agents de ton prototype ? demanda Pierre.

— Pour le moment c'est un environnement assez dépouillé, et les agents en ont une connaissance de niveau primaire.

— C'est-à-dire ?

— Et bien, avant de parler de l'environnement, il convient peut-être d'expliciter les caractéristiques des agents. Ainsi que vous me l'avez demandé, ils sont dotés de capacités logiques. Ceci a été relativement aisé puisque que, depuis plus d'un siècle, la logique moderne, dite logique mathématique, peut s'exprimer à l'aide de symboles, lesquels sont manipulables par des logiciels. Conformément à vos demandes, je les ai soumis à des contraintes s'apparentant à celle d'un monde réel, ainsi ils savent qu'ils doivent boire, manger, dormir etc. à intervalles réguliers. À ce titre, ils ont une connaissance de premier niveau de l'environnement et des objets qui leur permettent de satisfaire ces contraintes : ils savent par exemple comment est fait un verre, que l'on peut le remplir ou le vider. Et il en est de même pour tout ce qui les entoure : murs, portes, etc. mais pour le moment ils ne connaissent rien en dehors du monde clos dans lequel je les ai placés.

Alix montra alors à Candice, comment utiliser la version alpha du logiciel d'extraction de connaissances.

Lorsqu'on lui avait demandé de doter ses agents de capacités de requêtes, et de réception d'informations dans un format bien défini, Candice avait tout de suite compris que son système était destiné à être interfacé avec un logiciel d'extraction de données ou de connaissances. Non seulement elle ne fut pas surprise, mais elle se sentit tout de suite très impatiente de connaître les effets sur son système multi-agents de l'interconnexion avec ce logiciel.

Avant de quitter le bureau de Pierre, Candice ajouta :

— Au fait, j'ai bien reçu ton courriel mais cette suite ne m'évoque rien, si ce n'est le tirage au hasard de huit nombres... Et toi Alix ?

— Pour le moment, je n'ai rien trouvé... répondit-il.

— De toute façon ce n'est pas essentiel, dit Pierre, ce n'est peut-être effectivement qu'une suite de nombres aléatoires...

Afin de pouvoir suivre plus facilement leur comportement, Candice souhaitait attribuer une sorte de numéro d'identité à certains des agents du système. Et comme ils ne devaient servir que de labels, elle souhaitait que ces numéros n'aient pas de relations apparentes entre eux. La suite de huit nombres que lui avait transmis Pierre par courriel semblait faire l'affaire. De retour à son bureau, elle hésita un moment, et un peu par jeu, elle décida d'associer le numéro d'un agent particulier à chacun de ces huit nombres.

52 - MAUDE

La raison officielle de la venue de Maude dans l'entreprise était un audit de psychologie du travail au sein de la compagnie.

Elle avait accepté la proposition émanant de Pierre et transmise par son mari Alix. Thérèse n'avait donc pas eu à se mettre à la recherche d'un psychologue, et malgré sa curiosité elle n'avait pas posé de questions, se bornant à faciliter son intégration, puisque tel semblait être le souhait de la direction.

Elle avait environ trente cinq ans, était blonde, d'allure élancée et sportive.

Il émanait d'elle un mélange paradoxal de chaleur et de réserve, et cela donnait à ceux qui la côtoyaient une impression tout à la fois de disponibilité bienveillante et de distance. Elle appréciait Pierre, qu'elle connaissait déjà par Alix, et elle s'entendit tout de suite très bien avec Candice.

Au début, Hervé était très méfiant. Il se demandait pourquoi Maude avait été embauchée, et il n'était pas du tout convaincu par sa mission d'audit, d'autant plus qu'il trouvait qu'elle passait beaucoup de temps avec Pierre et Alix.

Toutefois, ses suspicions s'estompèrent quelque peu quand elle vint s'entretenir avec lui, ainsi qu'avec chacun des membres de son équipe, de leurs conditions de travail, et lorsqu'il apprit qu'elle était l'épouse d'Alix et connaissait déjà Pierre.

Cependant, Candice était morose. Son projet semblait bloqué, et, si plaisante que soit la présence de Maude, elle ne pensait pas que celle-ci pouvait l'aider.

Assise dans une petite salle de réunion avec Pierre, Alix, et Maude, elle rendait compte des premiers résultats de l'interconnexion du système d'extraction de connaissances avec le système multi-agents.

— Nous avons une cinquantaine d'agents dans un environnement clos, dotés de logique, ils ont accès en permanence à une base de connaissances gigantesque, qui leur fourni automatiquement les notions dont ils ont besoin pour évoluer…et il ne se passe rien…

— Que veux-tu dire par « Il ne se passe rien » ? demanda Alix.

— Eh bien on peut consulter l'enregistrement des actions de chaque agent vis-à-vis de son milieu ou des autres agents, et chacun semble vaquer à des occupations banales en lien avec son environnement, et sans grande interaction avec les autres. Il semble que les requêtes automatiquement adressées à la base de connaissances ne concernent que l'identification ou l'utilisation d'objets ou d'éléments matériels à leur portée. Le système parait dans un état quasiment stationnaire, et bien sûr il n'y a aucun comportement émergeant.

Ils réfléchirent tous en silence pendant un long moment, puis Maude intervint.

— À mon avis, il leur manque au moins deux choses… parmi beaucoup d'autres…

Trois regards interrogateurs la scrutèrent intensément, et elle reprit :

— D'abord il leur faut la pérennité…

— C'est-à-dire ? demanda Pierre.

— Je pense qu'il faut qu'ils aient une forte tendance à la préservation de leur « existence ». En d'autres termes, il faut les paramétrer de manière à ce qu'ils privilégient en premier lieu les actions qui leur évitent de disparaître.

Candice eut une moue dubitative.

— Ils ne risquent pas grand-chose dans l'environnement ou ils sont, et je ne vois pas ce que ça changerait…

— C'est pour ça qu'il faut une deuxième tendance forte : la curiosité.

— Vaste concept… soupira Pierre

Mais Maude ne se démonta pas :

— La curiosité est un des plus puissants moteurs de l'action… Il faut les doter d'une curiosité à trois niveaux ; par ordre d'importance, vis-à-vis d'eux-mêmes, vis-à-vis des autres, et vis-à-vis de leur environnement.

Un sourire commença à éclairer le visage de Candice.

— Je crois que je vois où tu veux en venir, dit-elle, et je pense que tu as raison. Nous allons explorer cette voie...

Puis elle ajouta après un instant de réflexion :

— Mais, munis de ces trois niveaux de curiosité, peut-être les agents vont-ils finir par s'interroger sur le système dont ils font partie et, découvrir certaines caractéristiques émergentes de leur propre système... Dans ce cas, cela pourrait avoir des conséquences intéressantes...

53 - PROPOSITION

Hervé, voyait son projet continuer à progresser de manière soutenue, et il reconnaissait que Théo était particulièrement compétent dans son domaine. Toutefois il n'en concevait ni admiration, ni sympathie. En effet, les remarquables capacités intellectuelles de Théo s'associaient à une nature travailleuse et consciencieuse, plutôt introvertie, et Hervé éprouvait une certaine condescendance pour ces personnes qui ne semblaient intéressées ni par le pouvoir, ni par l'argent, ni par les jeux politiques. Par contre, il avait plus d'inclination pour la curiosité fouineuse du jeune Jean-Marie. Celui-ci remplissait parfaitement son rôle d'assistant, en se chargeant de toutes les tâches d'administration, de compte rendu, et de relation avec le reste de l'équipe, permettant à Théo de se concentrer sur les développements attendus.

L'équipe s'attaquait maintenant à l'interrogation du système d'extraction de connaissances en langage naturel. Mais curieusement, se disait Hervé, cette phase-là semblait générer moins d'intérêt chez Pierre et Alix que la précédente.

Alors qu'il se faisait cette réflexion, Justin l'appela :

— Ca fait pas mal de temps que nous ne nous sommes pas vus, dit-il. Que dirais-tu d'un dîner au restaurant de poissons de la dernière fois ?

— Pourquoi pas ? Tu as des choses à me dire ?

— Tu sais bien que nous avons toujours des choses à nous dire, répondit Justin d'un ton moqueur. Demain soir ça te va ?

Hervé réfléchit un instant, fit semblant de consulter son agenda, et accepta l'invitation.

Le lendemain, lorsqu'Hervé arriva au restaurant, celui-ci

était complet, Justin ne s'y trouvait pas, et aucune table n'avait été réservée au nom de l'un d'eux. Pendant un bref instant il se demanda s'il avait mal compris la proposition de Justin, mais, à la réflexion, il se rendit vite compte que ce n'était pas le cas. Il pensait que son temps était précieux et il avait horreur des lapins. Alors qu'il s'apprêtait à repartir, de fort mauvaise humeur, Justin arriva un peu essoufflé :

— Excuse-moi pour ce léger retard, dit-il, figure-toi que j'ai complètement oublié de réserver la table, et quand je m'en suis souvenu, c'était trop tard. Je te propose que nous prenions ma voiture et que nous allions dans une brasserie que je connais, pas très loin d'ici, et où ils font une excellente choucroute.

—D'accord, de toute façon nous n'avons pas le choix... répondit laconiquement Hervé.

Hervé n'avait rien de spécial contre la choucroute, mais il aimait être en contrôle de la situation, et n'appréciait pas les imprévus... surtout quand il n'en était pas la cause. Une fois dans la voiture, un fond de mauvaise humeur était toujours perceptible. Pour rompre le silence qui s'installait et détendre l'atmosphère, Justin demanda :

— Alors ? Es-tu content de Jean-Marie, ta nouvelle recrue ?

Hervé fut surpris de la question ; plus par la forme que par le fond.

— Je croyais que tu ne le connaissais pas... Quand je t'ai demandé, tu as même précisé qu'il y avait plusieurs centaines de personnes travaillant dans ta compagnie et que tu ne connaissais pas tout le monde...

Justin hésita un peu et répondit

— Comme tu m'en as déjà parlé, je me demandais s'il faisait l'affaire...

Hervé trouva étonnant que Justin parle d'une personne qu'il ne connaissait pas en le désignant par son prénom mais il répondit :

— Oui, il fait très bien l'affaire, il est curieux de tout et très efficace...

Ils étaient maintenant installés à la table de la brasserie, et Hervé se demandait si Justin avait cherché à le voir pour une raison spécifique. Il se dit qu'après tout, ce n'était pas lui le demandeur, et il n'avait qu'à se détendre et voir ce que Justin voulait ; et c'est ce qu'il fit.

Au lieu de chercher, comme à leur habitude, à soutirer des informations l'un de l'autre, Justin avait orienté la conversation sur la vision qu'ils avaient chacun de leur travail, les satisfactions, les frustrations, le stress, et les mérites comparés de leurs employeurs respectifs.

Dans son activité professionnelle, Justin n'était pas naïf. Il savait pertinemment que les liens créés au sein d'une entreprise de la taille de celle qui l'employait, même s'ils étaient empreints d'une cordialité apparente ou réelle, se réduisaient en définitive à une multitude de « transactions donnant-donnant » : son employeur et ses collègues avaient besoin de ses compétences et de son travail pour le leur, et il avait besoin d'eux pour son travail et ainsi assurer sa subsistance. Il était bien conscient que si d'aventure il devenait nécessaire de réduire les coûts, ou de réorienter les activités de la société, celle-ci, le cas échéant, n'hésiterait pas à se séparer de lui dans les termes les moins coûteux pour elle. Et dans une telle situation, même si, parmi ses proches collaborateurs épargnés, une certaine empathie serait perceptible, ceux-ci n'hésiteraient pas à adhérer à la nouvelle politique, voire à la mettre en œuvre. D'ailleurs, que pourraient-ils faire d'autre ?

Malgré tout, depuis tant d'années, l'effort commun pour le bien et la survie de la société pour laquelle il travaillait, l'ancienneté des liens qui l'unissait à la compagnie et à ses collègues, ainsi que le besoin d'une certaine cohérence et continuité dans ce qu'il accomplissait jour après jour, lui faisaient ressentir une forme de loyauté vis-à-vis de son entreprise, et il aurait fallu une opportunité exceptionnelle, ou au contraire une forte dégradation de son environnement professionnel pour qu'il la quitte.

Hervé, quant à lui, considérait que les sociétés en général, et la sienne en particulier, cherchaient des condottières pour accomplir les tâches dont elles avaient besoin. Il se considérait donc clairement comme un mercenaire au service de celle qui maximiserait sa satisfaction en termes de pouvoir et d'argent.

Même si ce n'étaient pas les siennes, Justin n'était pas surpris des opinions que professait Hervé à ce sujet. Il n'était pas choqué non plus ; après tout, se disait-il, c'est peut-être le meilleur moyen de se protéger des incertitudes économiques et de la flexibilité requise des employés. Il pensa que c'était le moment d'exposer à Hervé le motif de leur rencontre.

54 - COUSIN DE RAYMOND

L'équipe de Candice avait fiévreusement travaillé à doter la communauté d'agents des tendances suggérées par Maude. Mais passée l'excitation des premiers jours, le moral était vite retombé au plus bas.

À nouveau, en présence de Maude, Candice faisait le point pour Pierre et Alix sur l'état de ses travaux.

— A vrai dire, expliquait-elle, nous avons noté une certaine augmentation des requêtes envers la base de connaissances, mais cela ne semble pas influencer le comportement global des agents, qui restent peu actifs.

Pierre était perplexe, et Alix se tourna vers Maude.

— Penses-tu que tes préconisations n'étaient pas les bonnes, ou qu'elles n'étaient pas suffisantes ?

Maude regarda son mari, s'appuya sur le dossier de sa chaise, ferma les yeux quelques secondes et répondit :

— Peut-être les deux... Sans doutes pas suffisantes... mais à la réflexion, l'absence de résultats n'est pas si étonnante. Nous avons peut-être été un peu rapides dans nos conclusions.

Visiblement, depuis la dernière fois, elle avait continué à réfléchir au problème et semblait plus ou moins s'attendre à ce que venait d'exposer Candice. Elle poursuivit :

— En fait, les deux tendances que nous avons introduites sont quelque peu antagonistes... Si la préservation de leur existence est une tendance principale pour les agents, ils ne prendront pas de risques pour satisfaire leur curiosité, et dans ces conditions, ils ne peuvent chercher à élargir leur horizon.

— Il faudrait donc supprimer « l'instinct de conservation »

dont nous les avons dotés et ne garder que la curiosité ? demanda Pierre.

— Je ne pense pas, répondit Maude, sans tendances à l'auto-protection, si notre colonie d'agents devient active, elle risque d'être décimée.

— Il faudrait donc trouver un moyen d'obliger les agents à satisfaire leur tendance à la curiosité, malgré leur « instinct de conservation », dit Pierre.

— On pourrait peut-être même faire en sorte que leur instinct de conservation renforce leur désir de satisfaire leur curiosité, ajouta Alix.

Ils réfléchissaient tous intensément, et au bout d'un moment, le visage de Candice se détendit, et dans un demi-sourire elle déclara :

— J'ai une piste, et je crois que je vais faire appel à ce cher Henri...

— Qui est Henri ? demanda Maude.

— Il était le cousin de Raymond... répondit Candice.

Mais elle refusa d'en dire plus, jusqu'à ce qu'elle ait approfondi la question.

55 - PRESSIONS

Nous devions retrouver Kar-N et Mich-L en fin de matinée à l'une des terrasses de la place afin de décider de nos investigations futures, et Veronic-A devait se joindre à nous. Le temps était beau et la température agréable, pourtant, plus nous approchions de la place, plus l'atmosphère devenait pesante. Les gens semblaient presser le pas, se hâtant les yeux baissés chacun vers son but, à l'exception des hommes en cravate et des femmes en talons hauts, qui semblaient prendre le temps de nous dévisager avec insistance et de nous regarder de haut en bas chaque fois que nous les croisions. Lorsque nous arrivâmes sur la place, à notre grand étonnement, toutes les terrasses étaient vides. Nous nous assîmes à celle convenue, décidés à attendre les autres. À peine étions-nous installés, qu'un homme en cravate et une femme en talons hauts s'approchèrent de notre table et nous apostrophèrent :

— Que faites-vous là ?

Un peu surpris je répondis :

— Eh bien nous attendons d'autres personnes...

— Ils ne viendront pas...

La conversation n'était pas agréable. Sans être franchement hostiles, ils étaient insistants, se tenant debout tout près de notre table, ce qui nous obligeait à lever la tête pour leur adresser la parole.

— Pourquoi ne viendront-ils pas ? demanda calmement Jessi-K.

— Par ce qu'il faut qu'ils aillent écouter Loui-J qui tient une réunion au pied de la colline...

— Il faut... ? demandai-je.

— Oui, c'est mieux pour tout le monde... D'ailleurs vous aussi vous devriez y aller.

Le ton était ferme, mais pas vraiment menaçant.

— Eh bien, dit Jessi-K, nous vous remercions pour votre invitation, mais nous préférons rester ici à attendre les personnes que nous devons rencontrer...

Comme ils n'avaient pas l'air de s'en aller, j'ajoutais :

— Alors à bientôt... Peut-être nous verrons-nous à la réunion suivante...

Mais ils ne semblaient pas avoir l'intention de bouger, et ils continuèrent :

— Vous devez y aller, nous devons tous aller aux réunions de Loui-J...

— Mais pourquoi ? demandai-je.

— C'est la volonté de A.G., l'Architecte Grandiose, et Loui-J est son Médiateur Nommé.

Afin de leur signifier que la conversation était terminée, Jessi-K s'adressa uniquement à moi en changeant de sujet.

—-C'est bizarre, dit-elle, non seulement les terrasses sont vides, mais on dirait qu'il n'y a personne pour servir des boissons...

Avant que je n'aie répondu quoi que ce soit, l'homme en cravate, toujours debout tout près de notre table répondit :

— Ils ne servent pas pendant les réunions de Loui-J.

— C'est nouveau... quelqu'un a décidé cela ? demandai-je.

— Nous les avons convaincus... dit l'homme en souriant , puis il ajouta, de toute façon il n'y a personne à servir car ils sont tous à la réunion de Loui-J... Alors, venez avec nous !

La conversation ne menait nulle part ; malgré le côté inconfortable de la situation ni Jessi-K, ni moi n'avions l'intention de bouger. Ils insistaient, toujours un peu autoritaires, mais restaient néanmoins polis.

Dans une tentative désespérée, Jessi-K risqua :

— Nous n'irons pas... Mais vous-mêmes, si vous souhaitez assister à cette réunion, vous feriez mieux d'y aller maintenant.

La femme aux talons hauts tira l'homme par la manche et lui dit :

— Elle a raison... Allez viens...

Sans ajouter un mot, ils nous tournèrent le dos et s'éloignèrent. À peine avaient-ils disparu, qu'une jeune femme vint déposer deux verres de jus de pomme sur notre table et s'éclipsa.

Bien que nous ne sachions pas combien de temps la réunion durerait, nous avions décidé de rester à la terrasse jusqu'à ce qu'elle soit terminée et que les gens reviennent sur la place. Après tout, le temps était clément, et nous avions de quoi nous désaltérer.

56 - SIMULATION

Candice avait du mal à cacher son excitation alors qu'elle exposait à Pierre, Alix, et Maude, les résultats des derniers travaux.

— Il s'agissait avant tout d'empêcher que le système ne prenne immédiatement une configuration d'équilibre et ne s'y maintienne sans évoluer. Il fallait donc éviter de constituer un ensemble d'agents tous de mêmes aptitudes et aux comportements identiques.

Elle fit une pause et reprit :

— Je me suis inspirée d'une énigme que certains attribuent à Henri Poincaré, concernant des moines qui ne peuvent pas parler. Et puisque nous nous intéressons, du moins c'est ce que j'ai compris, à la logique globale émergeant des interactions de plusieurs agents rationnels entre eux, voici comment nous avons procédé : nous avons créé plusieurs communautés d'une cinquantaine d'agents, dotés de curiosité et d'aptitudes logiques plus ou moins grandes, et suscité une forte incitation à s'échapper de l'enceinte de la communauté. Nous avons aussi mis en place un mécanisme, une sorte d'effet domino, par lequel la curiosité de ceux qui ont réussi à sortir favorise la sortie, à leur tour, d'agents d'autres communautés.

Maude et Alix prenaient des notes. Pierre, appuyé sur le dossier de sa chaise, fixait intensément Candice. Celle-ci continua :

— Nous avons glissé dans le système des agents que l'évolution de la communauté n'influence pas. Ils restent identiques à eux-mêmes, mais leur rôle est à la fois de faciliter les mécanismes d'interaction, et de fournir une synthèse de l'état du système.

Nous avons aussi fait en sorte que la plupart des agents suffisamment dotés d'aptitudes logiques et de curiosité pour le monde extérieur à leur communauté puissent arriver à sortir en utilisant leurs capacités logiques, et que d'autres y arrivent par hasard. Enfin, nous nous sommes arrangés pour que tout ce monde-là converge vers une cité. Finalement, cela forme un regroupement de compétences logiques diverses.

— Et vers quoi cela évolue-t-il ? demanda Pierre.

— Et bien, nous avons maintenant une communauté d'agents dans la cité qui continue à croître. Les agents semblent parfaitement à l'aise avec les éléments constituant leur environnement, grâce aux connaissances dont ils ont été dotés à l'origine, ainsi qu'à la capacité à les enrichir résultant de leur interfaçage avec la base de connaissances ; en effet, celle-ci fournit les notions dont ils ont besoin dès que cela est nécessaire.

Candice respecta le moment de silence qui suivit et pendant lequel ses interlocuteurs réfléchissaient à ses explications. Puis, elle posa la question qui lui tenait à cœur depuis de nombreuses semaines.

— En adaptant les environnements, le nombre et les attributs des agents, ce système devrait pouvoir permettre de simuler de nombreux problèmes pour lesquels une résolution formelle serait trop compliquée. Alors ? A quels problèmes cherchez-vous à vous attaquer avec ce projet ? Un problème d'optimisation ?

Semblant chercher la meilleure manière d'exposer leurs vues, Alix et Pierre ne répondirent pas tout de suite. Puis Pierre prit la parole :

— La résolution de problèmes par l'utilisation de la logique qui émerge de l'interaction de plusieurs agents rationnels, est une application possible et intéressante du système que nous voulons mettre au point... Mais cela n'est qu'un aspect de ce que nous cherchons à faire. A vrai dire, il est maintenant temps de vous préciser le but qui nous a été assigné au démarrage de ce projet...

Maude regarda Alix et Pierre et murmura :

— Je crois que j'ai compris... Vous voulez aller beaucoup plus loin ! Nous sommes en train de chercher à mettre au point un simulateur de comportements humains...

Alix et Pierre se contentèrent d'un petit hochement de tête en signe d'approbation. Alors Candice déclara :

— C'est impossible, les comportements humains ne se réduisent pas à des raisonnements logiques et à l'accès à une base de connaissances. Notre système fait l'impasse sur une multitude de facteurs tout aussi importants, voire même plus importants et qui ne sont pas quantifiables : les émotions, les sentiments, l'amour, les angoisses, etc. Comment voulez-vous introduire cela dans le système ? Cela n'a rien à voir avec les tendances générales et les buts que nous avons assignés aux agents. C'est beaucoup plus compliqué !

— Je pense que c'est là que j'interviens... murmura Maude, semblant ne pas bien croire ce qu'elle disait.

57 - CHANGEMENT DE CAP

Hervé avait accepté l'offre que Justin lui avait faite au restaurant.

Après tout si la société où travaillait Justin arrivait à prendre le contrôle de celle qui l'employait actuellement, il valait mieux être du côté des prédateurs qu'être du côté des proies, et être parmi ceux qui décident plutôt que parmi ceux qui subissent. Le plan était simple : il consistait, au mieux, à empêcher où à freiner tout développement majeur susceptible d'améliorer les revenus de la compagnie convoitée dont les actions étaient déjà plutôt basses, ou bien pour le moins, à tenir informé son principal concurrent des plans de développement, afin que celui-ci puisse réagir à temps en termes de stratégies et de tactiques commerciales et techniques. On pouvait ainsi espérer que le cours des actions continuerait à chuter, jusqu'au moment où il n'y aurait plus alors qu'à ramasser la mise par le biais d'une OPA.

Certes, cela affecterait la situation de beaucoup de ses collègues actuels, mais « bon... » se disait-il, « c'est comme ça... dans la vie il y a ceux qui ont de la chance et ceux qui n'en ont pas..., ceux qui la saisissent, et ceux qui ne la saisissent pas..., ceux qui savent se débrouiller et ceux qui ne savent pas... »

Il était donc arrivé sans beaucoup d'efforts à se débarrasser de ce que d'aucuns auraient qualifié de scrupules ; et l'idée qu'il aurait alors, si tout cela marchait, l'occasion de jouer un rôle plus important dans la nouvelle entité, le remplissait d'énergie et lui faisait oublier les frustrations de ces derniers mois.

Justin lui avait révélé que Jean-Marie avait été envoyé en « sous-marin » pour travailler dans la société convoitée et il avait été convenu, à la demande de Hervé, que Jean-Marie ne serait pas mis au courant du nouveau rôle de celui-ci. En effet, conformément à son inclination naturelle, Hervé trouvait plus confortable de tirer les ficelles sans être connu. De plus, cela avait l'immense avantage de le protéger d'une éventuelle gaffe involontaire de Jean-Marie. Enfin, au cas où les choses ne tourneraient pas comme espérées, cela lui laisserait une chance de rester dans sa société actuelle s'il le souhaitait. Tout compte fait, il trouvait la situation intéressante et presque... confortable.

Ainsi, Hervé avait appris par Justin, que Jean-Marie avait su créer des relations amicales avec plusieurs membres de l'équipe du projet de Candice, et que le système multi-agents qui avait été développé ne concernait probablement pas les hyménoptères. Celui-ci avait été interconnecté avec le système d'extraction de connaissances développé par son équipe, et les agents avaient été dotés de tendances fortes à leur propre préservation, ainsi que d'une solide tendance à la curiosité. Hervé n'avait pas été vraiment surpris des informations que lui avait procurées Justin, et bien sûr il avait fait comme s'il était déjà au courant de tout cela. Toutefois Jean-Marie n'avait pas pu obtenir de renseignements sur la finalité du projet, et les buts qui pourraient être assignés aux agents. Hervé avait laissé entendre alors qu'il avait quelques pistes là-dessus, mais qu'il souhaitait les confirmer avant d'en parler.

Étant donné la nouvelle situation créée par l'offre de Justin, Hervé ne pouvait plus se contenter d'attendre passivement que les informations lui arrivent par le biais du hasard ou de ses informateurs. Il aurait bien aimé exploiter le bogue fort répandu concernant les allumages intempestifs des webcams. Mais selon la presse spécialisée et le propre service de sécurité informatique de sa compagnie, cela ne concernait que le système de mise en marche des webcams, et aucun fichier ou information n'était créé ou transmis lorsque cela se produisait.

Il avait aussi envisagé de pirater les ordinateurs ou les téléphones de ses collègues, mais n'ayant pas les compétences nécessaires, cela aurait nécessité des complicités. En outre, les systèmes de sécurité de la compagnie, déjà sophistiqués en temps normal, semblaient avoir été renforcés autour du projet qui l'inté-ressait. Il opta donc pour une méthode plus désuète mais que les développements technologiques rendaient relativement facile à mettre en œuvre. Il existait une multitude de gadgets miniaturisés que l'on pouvait se procurer aisément dans le commerce permettant de savoir ce qu'il se disait dans une pièce, à l'insu de ses occupants. La plupart de ses collègues ne fermaient leurs bureaux à clé que le soir au moment de leur départ, et il lui serait relativement aisé dans la journée de pénétrer dans ces bureaux, en leur absence, sous un prétexte quelconque, et de coller un mini micro sous une table ou sous une étagère...

58 - ANALYSE

Conscientes de la complexité du projet et de la nécessité d'avancer dans sa réalisation, Maude et Candice prolongeaient leur réflexion et leurs discussions, dans le bureau de celle-ci, bien au-delà des heures habituelles.

— À partir du milieu du vingtième siècle, disait Maude, il y a eu de nombreux travaux pour tenter de décrire les éléments qui constituent les attributs de la personnalité. L'idée poursuivie était de trouver les éléments de base dont la combinaison permettrait de décrire tous les types de personnalités présentes dans les groupes humains, ou pour le moins, leur grande majorité. Et ces recherches ont convergé vers une description intéressante...

Ce n'était pas son domaine de compétence, et Candice avait du mal à comprendre où Maude voulait en venir.

— Je sais que depuis le début du vingtième siècle la psychologie a donnée lieu à de nombreuses théories, certaines permettant des avancées indéniables dans la compréhension du psychisme. Mais, pour la non-experte que je suis, il semble qu'il en ait résulté une succession de modèles et techniques, pas forcément cohérents entre eux, voire contradictoires. Pourtant, ceux-ci paraissent s'appliquer souvent avec succès au cas par cas, quand ils sont utilisés avec compétence, de manière rationnelle mais pragmatique, en fonction des résultats espérés.

— C'est une manière de voir les choses... Mais ce n'est pas la seule...

— En fait, parmi cette multitude de théories, tu veux me parler de l'une d'entre elles, car elle pourrait être utilisée dans notre projet ?

— Oui... ou plus exactement, non...

— Euh... Pourrais-tu expliciter ta réponse... dit Candice en riant franchement.

— Eh bien, c'est comme je viens de te le dire... dit Maude entraînée dans la gaieté de Candice.

Puis, reprenant son sérieux, et semblant changer de sujet, elle demanda :

— Comment repère-t-on mathématiquement un point dans l'espace ?

Un peu interloquée, Candice répondit :

— Par trois coordonnées, si c'est notre espace habituel à trois dimensions (les deux dimensions d'une carte, ou d'un plan, plus la hauteur) ... et si l'espace considéré est un... disons, « espace vectoriel de mathématiciens » de plus grande dimension, il faut autant de coordonnées qu'il y a de dimensions pour définir un vecteur ou un point de cet espace. Mais je ne vois pas le rapport...

— J'y viens... Des chercheurs ont essayé de déterminer s'il existait un nombre défini de traits de base de personnalité, tels que toutes les personnalités puissent se décrire comme une combinaison en différentes proportions de chacun de ces traits de base. En d'autres termes le nombre de traits de base serait relativement peu nombreux, mais la diversité des personnalités résulterait de la diversité des proportions de chacun d'entre eux chez chaque individu.

— En mathématiques, cela s'appellerait chercher une base dans l'espace considéré. Cela consiste à trouver un ensemble de « vecteurs de base » tel que tous les autres vecteurs puissent être exprimés comme une combinaison en plus ou moins grande proportion de chacun des vecteurs de base.

— C'est cela. Et tout comme dans la recherche d'une base mathématique, la base que nous recherchons dans « l'espace des personnalités » doit, posséder deux caractéristiques essentielles. D'une part elle doit être « complète », ce qui veut dire qu'elle doit permettre d'exprimer tous les éléments de l'espace ; dans notre cas elle doit donc permettre d'exprimer toutes les personnalités auxquelles on peut avoir affaire. D'autre part, elle doit être non redondante, ce qui veut dire qu'elle doit comporter le nombre minimum de traits de base (et pas plus que ce minimum) nécessaires à la description de toute personnalité rencontrée.

— Et on est parvenu à trouver les traits de base de la personnalité ?

— Oui et non...

— Encore une réponse radicalement engagée... plaisanta Candice.

— Attends, tu vas comprendre pourquoi... répondit Maude en souriant.

Puis elle reprit :

— On n'a probablement pas trouvé une base au sens rigoureux et mathématique du terme, mais on a trouvé quelque chose qui semble s'en approcher. Il y a encore beaucoup de discussions sur la complétude et la non-redondance, du système.

— Mais comment sait-on que cela marche ?

— C'est là qu'il convient d'expliciter ma réponse quelque peu « ambigüe » de tout à l'heure, à ta question de savoir s'il s'agit juste d'une nouvelle théorie de plus. Au lieu de faire comme d'habitude, postuler une théorie, et vérifier les cas dans lesquels elle marche, les chercheurs ont pris une démarche radicalement différente, empirique et descriptive, sans connotation explicative.

— Comment cela ?

— Des chercheurs ont eu l'idée que si ces traits de base indépendants existaient, on devrait en trouver la trace dans le langage lorsqu'il décrit les comportements des individus. Ils ont donc procédé à des analyses lexicales. Entre autres, mais pas seulement, ils ont analysé tous les adjectifs permettant de décrire dans une langue les tendances et les comportements des individus et ils ont tenté de les grouper par famille. Par des analyses statistiques poussées, ils ont cherché à déterminer si on pourrait trouver des distributions d'adjectifs autour de certaines caractéristiques principales pouvant constituer ces traits de base. Ces recherches se sont développées sur une soixantaine d'années au siècle dernier, avec des hauts, des bas, et des points morts.

— Et ils ont trouvé ?

— Beaucoup disent que oui... D'autres sont moins convaincus. Toujours est-il que les différentes recherches, entreprises séparément, ont convergé vers l'identification de cinq facteurs, apparaissant de manière assez récurrente et stable dans ces études, paraissant indépendants les uns des autres, et qui semblaient bien avoir les caractéristiques requises. Et ce, dans toutes les langues européennes étudiées, sous réserve de modifications culturelles mineures.

— Et toi ? Tu es convaincue ?

— Oui... Ou plutôt...

— Non ?...

Maude balaya la réplique moqueuse de Candice d'un sourire et repris :

— Oui... Ou plutôt partiellement ...

— Et ça peut nous servir pour notre projet ?

Cette fois la réponse de Maude fut nette :

— Oui, dit-elle simplement. Et d'ailleurs, ajouta-t-elle, il n'est pas nécessaire d'être totalement convaincu par cette description, pour qu'elle nous soit quand même utile...

59 - CODE DE CONDUITE

Au bout d'un peu plus d'une heure, la place commença à se remplir de personnes. Et parmi elles, il y avait de nombreux hommes en cravate et de nombreuses femmes en talons aiguilles. De petits groupes s'étaient formés, au sein desquels les discussions allaient bon train. Çà et là, le ton montait, et le groupe se séparait. Bientôt, nous vîmes Mich-L et Kar-N, accompagnés de Veronic-A, se diriger vers nous.

— Vous n'étiez pas à la réunion ? demandèrent-ils en s'installant à notre table.

— Non... Répondit Jessi-K, un peu étonnée, nous avions rendez-vous avec vous, ici même...

— C'est vrai, dit Veronic-A, mais quand je suis arrivée, un couple m'a dit que vous ne viendriez pas car vous seriez à la réunion...

— Et il s'est passé la même chose pour nous ; ne voyant personne nous sommes donc allés à la réunion, dit Mich-L.

— Belle tentative de prophétie auto-réalisatrice de la part de nos fashionistas, murmura Jessi-K, mi-amusée, mi-contrariée.

— Que s'est-il passé à la réunion ? demandai-je.

— Eh bien, commença Veronic-A, nous avons eu droit à quelques incantations et duos entre Loui-J et l'assemblée, expliquant la volonté de A.G., l'Architecte Grandiose et rappelant que Loui-J, son Médiateur Nommé alias MN, est chargé de la transmettre. Ensuite, ça a pris une autre tournure...

Elle s'interrompit, et sembla plonger dans un abîme de réflexion. Kar-N poursuivit.

— Il semble que Loui-J et ses partisans aient l'intention

de devenir plus, disons... directifs...

— Comment cela ? demanda Jessi-K.

Kar-N continua :

— Apparemment, l'acceptation de la volonté d'A.G., l'Architecte Grandiose, doit pouvoir se voir chez tout le monde, et à tout instant. Pour cela, a indiqué Loui-J, il est important d'adopter le code vestimentaire préconisé : cravate pour les hommes, talons aiguilles pour les femmes. De plus il est nécessaire d'assister aux réunions éducatives qu'il tiendra dorénavant tous les deux jours à heure fixe. Pendant ces réunions il est vivement recommandé de ne pas se promener dans la rue, de ne pas flâner ni boire aux terrasses, et de ne pas tenir de réunion de groupe distincte.

— Mais tout le monde est-il d'accord pour se conformer à cela ? demandai-je.

Après un instant de réflexion, ce fut Mich-L qui répondit.

— Bien sûr, il y a ceux qui sont déjà convaincus et qui essayent d'entraîner les autres. Ils sont facilement reconnaissables à leur tenue et à leurs discours. Parmi les autres, les réactions sont contrastées. Certains semblent être séduits par le fait d'avoir une explication aux questions fondamentales qu'ils se posent, ainsi que par le côté convivial et le sentiment d'appartenance, fournis par la communauté dirigée par Loui-J. D'autres semblent être violemment hostiles à cet ensemble de règles ; enfin beaucoup ont l'air d'être indifférents et de ne pas se sentir concernés... Les partisans de Loui-J sont encore minoritaires, mais il est clair qu'ils veulent convertir une partie de ceux qui n'ont pas encore d'opinion, et qu'ils comptent sur l'indifférence des autres pour satisfaire leurs ambitions...

Nous restâmes silencieux un moment, contemplant la place et les terrasses, où des discussions tendues semblaient se tenir en plusieurs endroits. Les hommes en cravate et les femmes en talons aiguilles circulaient au milieu de tout cela.

Soudain, comme si elle venait de se souvenir de quelque chose, Jessi-K entraîna Veronic-A vers la fontaine. De loin, nous vîmes celle-ci mettre les mains à son cou. Jessi-K l'examina attentivement et regarda vers la statue de la fontaine.

Lorsqu'elles revinrent, Jessi-K déclara :

— Nous avons trouvé le collier manquant ; celui qui correspond au motif en troisième position sur la sphère de la fontaine.

Puis jetant à nouveau un regard circulaire sur la place, Jessi-K murmura :

— Ça devient de plus en plus oppressant ; il ne faudrait pas que cet endroit se mette à ressembler à un immense cloître, même s'il ne semble pas y avoir de frontières physiques. Alors... Qu'est-ce qu'on fait ?

60 - OCÉAN

Maude poursuivait ses explications :

— Un large consensus s'est établi autour de cinq facteurs (ou axes, ou traits) constituant une base de l'espace des personnalités ; la littérature les désigne sous le nom de « Big Five ». La première lettre de chacun d'eux forme l'acronyme OCEAN, ce qui est bien commode pour s'en souvenir. Il s'agit de l'Ouverture à l'expérience, le caractère Consciencieux, l'Extraversion, l'Agréabilité (qui est un néologisme pour désigner le caractère agréable), le Névrosisme.

— Tu peux expliciter ?

— Chacun des traits, est décomposé en « facettes » qui lui sont propres, et dont la liste permettra de te faire une idée de ce que décrit chaque trait. La terminologie des facettes varie quelque peu en fonction des sources, mais cela donne à peu près la description suivante :

« *Ouverture à l'expérience* : réceptivité aux idées, aux valeurs, aux actions, aux sentiments, à l'esthétique, à la fantaisie. »

« *Conscience* : respect du devoir, compétences, ordre, autodiscipline, recherche de l'accomplissement, délibération. »

« *Extraversion* : assertivité, activité, grégarisme, recherche de stimulation, cordialité, émotions positives. »

— Il y a toujours six facettes par traits ?

— Oui, cela est un choix, et d'ailleurs les facettes d'un même trait peuvent parfois être quelque peu redondantes. Finalement, pour terminer la liste, il y a :

« *Agréabilité* : confiance, droiture, altruisme, modestie, bienveillance, compliance », ce dernier terme étant, comme tu le sais, un mot anglais, désignant le fait de se conformer aux instructions ou aux situations, crées par les autres. Et enfin :

« *Névrosisme* : anxiété, hostilité, timidité sociale, dépression, impulsivité, vulnérabilité. »

— Il y a donc cinq traits principaux, chacun d'eux comportant six facettes et qui permettent de décrire toutes les personnalités. Comment fait-on pour mettre une graduation, et quantifier tout cela ?

— Il existe plusieurs méthodes, constituées de questionnaires, et les résultats montrent que ces diverses méthodes donnent des résultats cohérents entre eux. L'une de ces méthodes consiste à répondre par oui ou par non à huit affirmations concernant chaque facette. Des affirmations du style :

« Je fais preuve d'une très grande curiosité intellectuelle » ou bien, « Je préfère coopérer avec les gens plutôt que d'être en rivalité », ou encore « Je suis une personne ordonnée » etc.

Suivant la réponse à chaque question d'une facette on ajoute un point ou on n'en ajoute pas au score de la facette considérée. Il en résulte, pour chaque facette, un score situé entre le score minimum zéro, et le score maximum huit.

— En fait, c'est de l'auto-évaluation...

— Les recherches ont montré que si les tests sont faits sérieusement par auto-évaluation, ou bien s'ils sont faits par des personnes proches de la personne étudiée, les résultats concernant sa personnalité sont concordants .

— Il y a huit questions par facette et d'après ce que tu me dis six facettes pour chacun des cinq grands traits (ou *Big Five*), $8 \times 6 \times 5$, soit 240 questions...

J'ai du mal à croire l'on puisse répertorier les différentes personnalités humaines dans seulement 240 catégories.

À peine avait-elle prononcé ces mots que, réalisant ce qu'elle venait de dire, elle mit la main sur son front, sous le regard amusé de Maude.

— Je pense que le système ainsi créé, offre légèrement plus de possibilités de profils que 240, dit Maude en riant.

— En effet, calcula Candice, il y a neuf possibilités de score pour la première facette (de 0 à 8), si on rajoute la facette suivante, pour chacun des scores de la première facette neuf autres scores possibles de la deuxième facette donc cela fait 9 fois 9 soit 81 possibilités, et ainsi de suite ; le nombre de possibilités est multiplié par 9 à chaque fois qu'on rajoute une facette. L'ensemble du questionnaire qui a trente facettes, peut donc générer 9 multiplié 30 fois par lui-même (autrement dit 9 puissance 30), profils différents... C'est un nombre astronomique... qui représente environ un milliard de milliards de fois la population humaine...

— Comme tu le vois, acheva Maude, attribuer à chaque être humain un profil différent n'utiliserait qu'une infime partie du nombre de profils que peut décrire un tel système. Et même si l'on ne s'intéresse qu'aux différentes combinaisons de scores possibles des cinq traits principaux (sans tenir compte des nuances introduites par les facettes sur chaque trait), il en reste encore près de trois cents millions !

— Bon, mais quel rapport avec notre projet ?

— Et bien, comme tu l'as toi-même dit, si nous voulons faire un simulateur de comportements de groupes humains, nous ne pouvons nous contenter d'avoir des agents logiques, il faut doter aussi chacun d'eux d'un profil de personnalité. Une fois doté d'un profil, chacun des agents enrichira et diversifiera son « univers émotionnel », en fonction de ses interactions avec les autres agents et des requêtes au système d'extraction de connaissances que cela suscitera chez lui. Je te propose d'utiliser le modèle des Big Five pour doter nos agents des tendances nécessaires et créer nos profils de personnalité.

— Et qui va répondre aux questionnaires pour créer les profils ?

— Nous pourrions introduire nos propres réponses au questionnaire, ainsi que celles de nos collègues, mais cela prendrait du temps, et ne suffirait pas si le nombre d'agents que nous créons devient trop grand.

Candice avait compris et elle termina :

— Il est donc plus simple d'inventer des profils, en générant par ordinateur et selon des distributions choisies, une multitude de réponses aléatoires au questionnaire des « Big five ».

Puis elle ajouta :

—Ce serait quand même intéressant d'insérer quelques profils réels...

61 - POIGNÉES DE MAINS

Comme à son habitude, Pierre monta prestement les trois étages qui menaient à la porte d'Aloïs. Il avait conclu une fois pour toutes, qu'il y avait une incohérence flagrante à perdre du temps à attendre un ascenseur dont on pouvait se passer et à consacrer, par ailleurs, un temps précieux à faire de la gymnastique pour se maintenir en forme.

Aloïs ne sembla pas surpris de la visite, et il l'accueillit avec chaleur, un peu comme s'il s'attendait à sa venue ; probablement l'avait-il entendu monter dans l'escalier.

Pierre ne parlait jamais à Aloïs de son travail ; il ne voulait pas l'ennuyer avec son quotidien, et en outre il préférait de loin s'entretenir de sujets moins terre à terre et bénéficier de sa vision distanciée du monde. Mais, au fur et à mesure que le projet avançait, une gêne indéfinissable avait germé en lui et, cette fois-ci, il avait décidé de faire exception. Tout en préparant le thé, Pierre demanda :

— À votre avis, un système permettant de prévoir les comportements humains est-il concevable ?

Aloïs ne réfléchit pas longtemps et répondit :

— On peut tout concevoir... Mais de là à réaliser...

Puis il ajouta :

— Au fond, c'est ce que cherchent à faire les économistes depuis des siècles. Les comportements économiques sont fondamentalement des comportements humains. En fait les tendances économiques générales résultent de l'addition de multitudes de comportements micro-économiques individuels tenant compte, entre autre, de contextes environnementaux, juridiques, politiques, sociaux. Il y a longtemps que les économistes essaient d'adapter les méthodes qui ont fait le succès de la physique à l'économie, et que l'on tente de mettre tout cela en équations.

— Je n'ai pas l'impression que cela ait vraiment marché, répondit Pierre, si on avait trouvé, on pourrait piloter les économies comme on pilote les vaisseaux spatiaux, et, à en juger par les prévisions et résultats contradictoires de tous ces experts, cela n'a pas l'air d'être le cas...

— En effet, pas vraiment... reprit Aloïs, pensif.

— On n'a pas trouvé pour les individus, constituants élémentaires des groupements humains, l'équivalent des équations qui régissent le comportement des constituants élémentaires au sein d'un groupement physique comme par exemple les molécules d'un gaz ou les atomes d'un cristal.

— Non, on n'a pas trouvé... Et heureusement, car si c'était le cas cela voudrait dire que chaque individu est un être déterministe pour ainsi dire préprogrammé.

—Et donc s'il en était ainsi, le destin de chaque individu serait écrit dès sa naissance... remarqua Pierre.

— Pas forcément... et, même dans ce cas, probablement pas...

— Pourquoi cela ?

— Une multitude d'entités déterministes interagissant entre elles, et dont le comportement individuel serait modélisé par des équations connues, ne permettrait probablement pas dans la réalité de prévoir chaque destin individuel.

— C'est un peu théorique, mais je ne vois pas ce qui empêcherait de calculer par exemple le déplacement de chaque individu dans le temps, et d'être ainsi capable de prévoir la place de chaque élément du système à n'importe quel instant dans le futur.

Aloïs sembla rassembler ses idées et se lança :

— Prenons un modèle très simplifié. Imaginons un jeu ; le « Jeu de la Poignée de Main », consistant en une société composée d'êtres qui n'ont que trois activités possibles : être immobiles jusqu'à ce qu'on leur serre la main, avancer tout droit à vitesse constante, et enfin, lorsque l'un d'eux passe à coté d'un de ses semblables, les deux protagonistes se serrent la main, pivotent chacun d'un certain angle, et chacun repart en ligne droite jusqu'à la prochaine rencontre. L'angle dont ils pivotent est proportionnel à la distance à laquelle ils se croisent quand ils se serrent la main.

Par exemple, si pour se serrer la main ils ont du chacun étendre le bras complètement, ils pivotent de 90°. S'ils ont du étendre le bras à moitié, ils ne pivotent que de 45° et ainsi de suite.

— Donc s'ils se rencontrent face à face ils ne pivotent pas...

— Disons que dans ce cas, après s'être serré la main chacun repart en sens inverse. Ils sont dans un immense enclos, et s'ils rencontrent un des murs ils pivotent également de, disons, trente degrés et continuent leur chemin.

— Drôle de vie... marmonna Pierre.

— Pas très intéressante en effet...Les valeurs que nous avons assignées aux angles n'ont pas vraiment d'importance, ce qui compte c'est le principe du jeu.

Ajoutons que chacun de ces êtres est mince par rapport aux dimensions du terrain, mais qu'ils sont extrêmement nombreux ; il y a foule.... Au début du jeu, la plupart des êtres est disposée immobile dans une moitié du terrain. Et une toute petite minorité leur fait face, placée à l'autre extrémité du terrain. Le Maître du Jeu serre la main des éléments formant la minorité, et chacun d'eux se dirige en ligne droite vers la majorité, un peu comme le premier coup d'un jeu de billard quand la boule blanche va à la rencontre des boules immobiles.

— En principe le jeu devrait rapidement s'animer...

— Oui, car comme il y a foule à l'autre bout du terrain, il est extrêmement probable que des rencontres vont se faire, donnant lieu à des poignées de main, mettant en mouvement de plus en plus d'éléments, eux-mêmes générant d'autres poignées de main et d'autres mouvements... Et si on attend suffisamment, le système devrait prendre l'aspect d'une cohue d'individus envahissant peu à peu tout le terrain et se déplaçant au gré des rencontres.

Pierre ne voyait pas tellement à quoi servait ce jeu, ni où Aloïs voulait en venir. Comme s'il lisait dans ses pensées, celui-ci poursuivit.

— Le jeu n'est pas très intéressant en lui même... Mais comme le comportement de chacun des individus est entièrement déterminé, on peut théoriquement prévoir la position de chacun d'eux, par exemple dix minutes exactement après le début de la partie. Une autre manière de voir les choses, est de dire que s'il le désire, le Maître du Jeu peut rejouer exactement une partie, conduisant exactement à la même situation que dans la partie précédente au bout du même laps de temps, par exemple au bout de dix minutes exactement.

— Cela me paraît clair, il lui suffit de replacer tous les éléments exactement à la même position et, pour démarrer la partie, de serrer initialement les mains exactement comme il l'avait fait précédemment. Dans un tel cas le destin de chaque individu est totalement prévisible.

— C'est là où ça se complique...

62 - VIGNETTES

Réunis chez Mich-L, nous examinions nos colliers. Nous les avions rangés face à nous sur la table, leur fermoir disposé à gauche.

— Je suppose que ces séries de perles noires et blanches, disait Mich-L, évoquent pour vous, comme pour moi, une série de nombres binaire.

— Effectivement, répondit Kar-N, il semble que nous ayons tous une intime familiarité avec la numération binaire. Et si on fait correspondre à la couleur noire le zéro, et à la couleur blanche le un, on obtient bien un nombre binaire. Mais on pourrait aussi prendre la correspondance inverse, ou bien mettre le fermoir à droite et lire la séquence en sens opposé, et on obtiendrait une suite différente...

Jessi-K était pensive.

— Je crois que ce sens de lecture, ainsi que la correspondance noir-zéro, blanc-un sont les bons... dit-elle, mais elle n'explicita pas plus.

—En tout cas, dit Veronic-A, ça prend l'allure d'un jeu de loto. J'ai le 107, Jessi-K a le 109, Tier-I a le 77, Kar-N a le 100 et Mich-L a le 50...

— Et Loui-J a le 70, tandis que nos deux Invariants ont les numéros 61 et 47, complétai-je.

— Je me demande, reprit Jessi-K, si nous ne devrions pas chercher une autre correspondance à associer à ces nombres binaires, au lieu de les relier à leurs valeurs décimales.

Nous nous séparâmes sur cette suggestion, décidés à chercher chacun de notre côté.

Mais peu après, Jessi-K me rejoignit, et me demanda de l'accompagner jusqu'à la fontaine.

— La statue est assise sur une sphère qui présente huit motifs de carreaux noirs et blancs, dont chacun correspond à un collier que nous avons vu. Peut-être trouverons-nous là-bas un indice sur la signification de tout cela.

Nous marchions en direction de la fontaine, l'atmosphère était électrique et les choses prenaient une tournure inquiétante. Des groupes de personnes, les hommes en cravate et les femmes chaussées de talons aiguilles, parcouraient les rues. Ils avaient plus l'air de patrouiller que de déambuler et ils dévisageaient avec hostilité les passants qui n'étaient pas vêtus comme eux. En les croisant, la plupart de ceux-ci baissaient la tête et pressaient le pas.

Au début, nous soutenions leurs regards, mais invariablement, cela déclenchait des réflexions hostiles, suivies de questions pressantes sur les raisons pour lesquelles nous ne montrions pas notre fidélité aux règles de l'Architecte Grandiose. Comme nous souhaitions parvenir à notre but le plus rapidement possible, nous nous hâtâmes d'adopter l'attitude effacée des autres passants.

Arrivés à la fontaine, nous nous appuyâmes sur le rebord circulaire, à l'endroit de l'inscription « *Merci d'avoir répondu à cette invitation* », et nous contemplâmes la statue.

— Je suppose qu'elle s'apprête à écrire quelque chose sur sa tablette, avec son stylet, murmurai-je, regardant alternativement les suites de carreaux noirs et blancs de la sphère, et la statue.

— Oui dit Jessica, et peut-être que chacune des séries de carreaux correspond à une lettre.

À peine avait-elle fini sa phrase, qu'elle se mordit les lèvres ; nous nous regardâmes, puis, fixant les séries de carreaux, le message nous devint intelligible...mais il restait quand même totalement abscons...

Pendant notre méditation, sur la place, la tension était encore montée ; dans la direction d'où nous venions, il ne restait plus d'hommes sans cravate ni de femmes sans talons aiguilles, et nous hésitions à parcourir le chemin inverse. Nous aperçûmes le couple d'Invariants quittant lui aussi rapidement la place, et s'éloignant en direction du parking où nous avions débarqué lors de notre arrivée.

Plutôt que de courir le risque de rebrousser chemin, je proposai à Jessi-K de nous diriger vers la tour, puisque les Invariants ne s'y trouvaient pas.

Plus nous approchions de la colline, et plus les rencontres étaient rares. Nous commençâmes à gravir le chemin qui paraissait désert et personne ne semblait nous suivre. Arrivés au sommet, nous contournâmes la tour et, après un dernier regard circulaire, je tapai les lettres S,U,C,H sur le digicode. À notre grand soulagement, le code n'avait pas été modifié, et la porte s'ouvrit. Le léger ronronnement du ventilateur était toujours présent, et rien ne semblait avoir changé dans la salle, exceptée la position des lunettes qui, au lieu d'être négligemment posées sur le pupitre comme la dernière fois, étaient rangées dans un petit logement prévu à cet effet sur le côté de celui-ci. Le cordon de chacune des paires de lunettes était branché à une petite prise au fond du logement. Nous chaussâmes chacun une paire de lunettes, mais rien ne se passa jusqu'à ce que Jessi-K ait l'idée d'appuyer sur le bouton d'un des joystick. Une multitude de petites vignettes de photos apparut alors à nos regards, et lorsque nous tournions la tête d'un côté ou de l'autre, elles défilaient et nous en voyions apparaître de nouvelles. Chacun de nous avait accès à un pointeur qu'il pouvait déplacer avec son joystick. Je choisis avec le pointeur une des premières vignettes où l'on voyait un homme et une femme, assez jeunes, assis de part et d'autre d'un bureau en train de parler, et j'appuyai sur le bouton du joystick. L'image s'agrandit jusqu'à occuper tout mon champ visuel et s'anima. Les deux personnes parlaient, d'abeilles, de fourmis et d'hyménoptères. Un peu plus loin, j'en sélectionnai une autre, cette fois, dans un autre bureau, le même homme était avec un individu un peu enveloppé et légèrement grisonnant. Ils étaient penchés au-dessus du haut-parleur d'un téléphone et discutaient avec un interlocuteur d'extraction de connaissances.

J'enlevai mes lunettes, et je demandai à Jessi-K ce qu'elle avait vu. Elle posa les siennes et répondit :

— J'ai d'abord vu un vieux monsieur assis dans un fauteuil parlant avec un homme plus jeune de DVD et de colliers à huit perles, puis dans une autre séquence j'ai vu ces deux mêmes personnes parler de morceaux de sucre, de blocs de béton, et d'isomorphismes. Ce qu'il y a de bizarre, ajouta-t-elle, c'est que toutes ces scènes semblent se passer dans des pièces ressemblant à des bureaux. Il n'y a pas de scènes extérieures.

— Je crois que pour savoir ce que tout cela signifie, il faudrait prendre le temps de visionner toutes ces scènes dans l'ordre où elles apparaissent.

— S'agit-il de *prendre* le temps ou bien d'*avoir* le temps d'étudier tout cela sans craindre d'être dérangés par le couple d'Invariants ? demanda-t-elle un peu inquiète.

La nuit tombait, les lumières de la cité commençaient à clignoter, et le ronronnement du ventilateur se fit plus fort, comme s'il redoublait d'activité.

— C'est vrai, avec cette découverte intéressante, nous les avions un peu oubliés et ils peuvent décider de revenir... La dernière fois ils sont arrivés à la tombée de la nuit, nous ferions sans doute mieux de quitter les lieux rapidement.

Nous rangeâmes les paires de lunettes dans leur logement, nous nous dirigeâmes vers la porte que nous ouvrîmes, et comme nous franchissions le seuil, nous nous trouvâmes nez à nez avec le couple d'Invariants.

63 - PAPILLONS

Pierre entreprit de servir du thé, et ce faisant il heurta la table de l'ordinateur bousculant ainsi la souris sur son tapis. Les petits ordinateurs baladeurs de l'écran de veille apparurent. Simultanément la lumière de la webcam s'alluma.

— Vous avez, vous aussi, ce bogue concernant votre webcam ? Il semble qu'il soit fort répandu...

— Oui, elle se met en marche de manière intempestive, mais je ne trouve pas ça très gênant...

— Pourquoi dites-vous qu'il est compliqué de rejouer exactement la même partie du Jeu de la Poignée De Main ?

— Tu l'as dit toi-même, il faut replacer tous les éléments exactement dans la même position de départ, et redémarrer exactement dans les mêmes conditions. Suppose, par exemple, qu'il y ait une toute petite erreur ne serait-ce que dans l'orientation d'un des éléments, disons un élément de la minorité qui déclenche le jeu. Comme la distance à parcourir au départ est longue par rapport à la minceur de nos individus, il y a toutes les chances, que cet élément, qui se déplace en ligne droite, rate son vis-à-vis et ne serre pas la même main que dans la partie précédente. Il en résulte qu'il serrera la main d'un autre élément que précédemment, qui lui-même se mettra en mouvement et ira serrer la main d'un élément différent encore, et ainsi de suite...Et même s'il serre la main du même premier vis-à-vis, si l'orientation initiale est légèrement différente alors la distance à laquelle ils se croiseront, et donc l'angle dont ils pivoteront seront différents eux aussi, cela modifiera les rencontres ultérieures et l' « erreur » se propagera et s'amplifiera rapidement. Finalement même avec une infime petite différence au départ, très vite l'évolution de la position des éléments de la deuxième partie n'aura plus rien à voir avec ce qui s'est passé dans la première partie.

— C'est ce qu'on appelle, je crois, la sensibilité du système aux conditions initiales, dit Pierre.

— Oui, et c'est ainsi que certains systèmes, malgré leur composants déterministes, ne sont pas nécessairement prévisibles si l'on ne connait pas leurs conditions de départ avec une infinie précision. Pour employer une expression galvaudée par les médias c'est ce qu'on appelle « l'effet papillon ».

Mais pour en revenir à ta question de départ concernant la prévision des comportements humains, on peut penser que même si les hommes avaient des comportements individuels parfaitement déterminés, les comportements de groupe n'en seraient pas pour autant forcément parfaitement prévisibles en raison des incertitudes et des perturbations, produites ou non par leur environnement.

— D'autant plus que chez les êtres vivants en général, et les humains en particulier, chaque individu étant déjà lui-même un assemblage ordonné de molécules passablement compliqué, il ne sera probablement jamais possible de mettre en équation les comportements individuels comme on met en équations les comportements des molécules.

— C'est aussi ce que je pense. On peut comprendre ainsi pourquoi les économistes et les sociologues ont tant de mal à modéliser nos sociétés. Ils essaient bien de saisir les comportements globaux, tout comme le font les physiciens avec les gaz, mais ça marche beaucoup moins bien car, non seulement il y a des incertitudes et des perturbations, mais de plus contrairement aux molécules, les comportements individuels humains sont différents les uns des autres, et ne semblent ni être déterministes ni aptes à la mise en équation.

— En résumé, selon vous, on ne pourra jamais créer un système qui prévoit les comportements humains, que ce soit individuellement ou en groupe.

— Prévoir, au sens où l'on pourrait créer ou découvrir un monde dans lequel il y aurait un isomorphisme semblable à ceux dont nous avons déjà parlé, entre les humains et les éléments de ce monde, je ne pense pas. Mais anticiper les tendances pourquoi pas ?

— Comment cela ?

— Revenons-en à nos parties de Jeux de la Poignée de Main. En général, les parties auront des caractéristiques qui se ressemblent et sembleront équivalente.

— Qu'entendez-vous par équivalentes ?

— Eh bien, la plupart des parties conduiront à des configurations qui, vues globalement au bout d'un certain temps, auront une apparence générale de désordre similaires et ressembleront beaucoup les unes aux autres, bien que les éléments n'aient pas du tout eu le même parcours, ni les mêmes positions. Prenons un exemple plus concret... Si nous allons nous promener dans un hall de gare vers dix-huit heures. Le brouhaha que l'on entend résulte de centaines de conversations, de claquements de pas, de bruits de valises qu'on traîne, etc. Si nous y retournons le lendemain à la même heure, il y a toutes les chances qu'un brouhaha d'apparence identique à celui de la veille se fasse entendre.... La foule elle-même semble identique à celle de la veille... Pourtant, les personnes et leur localisations dans le hall sont différentes, ni les mots échangés, ni les valises traînées ne sont les mêmes, mais cela a bien l'air d'être la même foule et le même brouhaha, indiscernables de ceux de la veille...

Pierre faisait les cent pas tout en réfléchissant, et jetait des coups d'œil distraits par la fenêtre. Aloïs continua :

—C'est grâce à toutes ces configurations équivalentes, vers lesquels les systèmes comportant beaucoup d'éléments évoluent, que l'on peut faire quand même des prévisions précises sur le comportement global des gaz par exemple, bien que ceux-ci soient constitués d'éléments dont les errements s'apparentent beaucoup à ceux des individus du Jeu de la Poignée de Main. Dans le cas de notre jeu on peut prédire par exemple que toutes les parties conduiront au bout d'un certain temps à une répartition des individus sur tout le terrain. Les physiciens appellent cela l'augmentation d'entropie... Finalement, en physique on arrive à prédire les comportements moyens avec une grande précision sur des systèmes comportant un nombre gigantesque d'éléments.

— Oui mais ça ne pourrait pas s'appliquer à des êtres complexes tous différents entre eux...

— Les groupes d'humains sont des ensembles d'éléments bien plus complexes, dont le nombre peut être grand, mais reste incommensurablement plus petit que le nombre de molécules de gaz dans une bouteille par exemple. De plus chaque élément est différent de tous les autres, ce qui ne semble pas être le cas dans les systèmes purement physiques. Et pourtant ce qu'il y a de tout à fait ahurissant, c'est que l'on peut aussi prédire les comportements moyens des humains... certes avec une précision beaucoup moins bonne que pour les systèmes physiques, mais qui reste tout de même tout à fait étonnante... Ainsi, avec un échantillonnage bien choisi de mille personnes, on peut estimer avec une assez bonne précision l'opinion de toute une nation sur un sujet.

— Cela conduit à se poser des questions sur notre libre arbitre et notre liberté de décision... murmura Pierre.

Outre l'intérêt qu'il portait aux réflexions d'Aloïs quelles qu'elles soient, Pierre essayait d'évaluer les conséquences de ce qu'il entendait sur son projet.

Par la fenêtre, une scène attira son attention, il se sentit soudain oppressé, et crut qu'il était entrain de rêver... un rêve absurde, comme la plupart des rêves...

64 - RÉVÉLATIONS

Nous étions face à face, et le couple nous regardait, ne manifestant ni surprise ni émotion. Pendant un instant, personne ne bougea ; leur présence empêchait notre sortie et nous entravions leur entrée.

La situation devenait embarrassante. Pour rompre le silence, je tentais un simple « Bonsoir... »

— Bonsoir Monsieur, répondit l'homme.

— Bonsoir, Madame dit la femme.

Ils firent deux pas en arrière pour nous laisser franchir le seuil, nous gratifiant d'un petit salut de la tête lorsque nous passâmes devant eux. Puis ils entrèrent dans la tour, et refermèrent doucement la porte.

Nous étions restés silencieux sous l'effet de la surprise ; et comme nous arrivions près du banc qui dominait la cité, nous décidâmes de nous y asseoir quelques instants, et de contempler, une fois de plus, le ballet incessant des lumières.

Je me sentais submergé de sensations nouvelles, ou plus exactement par une pluie continue de sensations et de sentiments qui tous m'envahissaient me donnant l'espace d'un instant une impression de nouveauté, puis l'instant d'après me paraissant avoir toujours fait partie de moi. Un peu comme les gouttes de pluie sur un lac, qui ne sont nouvelles qu'à l'instant où elles le touchent, puis font partie du lac dès l'instant suivant.

— Je crois que mon nom est Thierry... dis-je à Jessi-K.

— Et moi je sais que je m'appelle Jessica, répondit-elle.

Puis elle ajouta :

— Je pense aussi que nos amis se nomment Karen, Michel,

et Veronica...

— Et que notre fameux Médiateur Nommé s'appelle Luigi... , complétai-je.

Il faisait bon, et nous étions bien...

Je regardais Jessica, il me semblait que sans elle, tout était moins beau... Je me rapprochai d'elle ; elle me sourit et s'appuya doucement contre mon épaule. Puis, nous commençâmes à descendre le chemin qui menait à la cité... sa main dans la mienne.

— Je crois, que nous n'avons rien à craindre du couple d'Invariants, pensai-je à voix haute.

— En effet, qu'il s'agisse d'un ou de plusieurs couples identiques, ils ont l'air de ne pas se soucier de ce que nous faisons. Et j'ai l'impression qu'il en est de même pour les serveurs et les chauffeurs auxquels nous avons eu affaire.

Nous débouchâmes sur la rue menant à la place maintenant quasi déserte ; plus loin, devant nous, une femme seule marchait rapidement tête baissée. Nous la vîmes se faire aborder par deux hommes semblant l'apostropher et, mus par un pressentiment, nous hâtâmes le pas. Tout se passa très vite ; les deux hommes la bousculèrent, puis l'un d'eux, la tirant par le bras, la fit tomber, et lorsqu'elle fut à terre, l'autre lui décocha un violent coup de pied. Nous nous étions mis à courir vers elle, et à nouveau, le temps d'un éclair, j'eus la sensation qu'une impression nouvelle s'emparait de moi, mais bientôt il ne resta qu'un sentiment d'écœurement et de révolte vis-à-vis des agresseurs. Comme nous approchions, les deux hommes en cravate partirent après un dernier chapelet d'injures à l'égard de la femme. Nous la relevâmes ; elle avait des contusions, mais elle pouvait marcher.

Elle nous expliqua que, plus tôt dans la journée, elle avait déjà croisé les deux hommes, accompagnés de deux femmes en talons aiguilles, et qu'ils lui avaient intimé l'ordre d'en porter elle-même, ce qu'elle se refusait à faire. Après l'avoir réconfortée, nous la raccompagnâmes chez elle. Puis nous rentrâmes afin de faire le point avec nos amis.

Michel était chez lui, en compagnie de Karen. Un peu plus tôt, Veronica était venue, inquiète. Il était de plus en plus difficile, particulièrement pour une femme, de se déplacer seule dans les rues sans se faire harceler au sujet de sa tenue vestimentaire. Elle ne se sentait pas à l'aise dans sa résidence et souhaitait se rapprocher de la chaleur bienveillante du petit groupe que nous formions. Elle avait donc demandé à être hébergée avec nous. Karen avait proposé de lui laisser son appartement, et d'habiter avec Michel, ce qui semblait être loin de leur déplaire. Ils avaient l'air heureux et je me fis la réflexion que plus l'atmosphère s'allégeait en chacun de nous, plus l'ambiance devenait pesante à l'extérieur.

Après que Veronica se soit jointe à nous, nous leur expliquâmes nos dernières découvertes.

— Au fond, dit Karen, les choses se simplifient. Puisque les Invariants ne semblent pas avoir d'objection à ce que vous visitiez la tour, le mieux serait d'y retourner le plus rapidement possible, sans plus vous soucier d'eux, et de visionner toutes les scènes auxquelles vous pouvez accéder.

— Les choses se simplifient en ce qui concerne les Invariants, mais ça se complique sacrément en ce qui concerne les sbires de Luigi... murmura Veronica.

Puis elle ajouta, comme à contrecœur :

— Peut-être, après tout, ferions-nous mieux d'adopter leur code vestimentaire, afin de passer inaperçus et d'avoir la paix.

Nous réfléchîmes un moment à cette suggestion, et encore une fois, l'impression fugace d'éprouver un sentiment inconnu me parcourut, ne me laissant au final qu'un sentiment de rage.

— Non, dis-je, cela ne me convient pas. Si nous ne résistons pas dès maintenant, nous risquons d'entrer dans un engrenage dangereux qu'il sera de plus en plus difficile de contrecarrer.

— Je suis d'accord avec toi Thierry..., dit Veronica, au fond de moi je n'étais pas emballée par ma proposition.

Les trois autres acquiescèrent et je conclus :

— Nous irons à la tour en faisant attention, mais nous ne nous déguiserons pas !

Puis, nous nous séparâmes, et lorsque je fus de retour chez moi, j'entrepris une petite vérification. Dans ma penderie, tout au fond à gauche, dans la pénombre, sur un petit cintre, il y avait deux cravates que je n'avais pas remarquées...

Je frappais à la porte de Jessica, et lorsqu'elle ouvrit je voulus lui dire :

— J'ai regardé dans ma penderie...

— Oui, m'interrompit-elle, moi aussi, et il y a une paire de chaussures à talons aiguilles que je n'avais pas repérée...

Alors j'ajoutai doucement :

—Puisque nous n'avons pas l'intention d'utiliser cet attirail, les cravates et les chaussures peuvent rester où elles sont... même si nous décidons de libérer un des appartements...

—Oui, dit-elle en souriant, au cas où nous devrions héberger quelqu'un...

65 - COÏNCIDENCE

Pierre regardait intensément par la fenêtre la Peugeot noire qui faisait un créneau, juste en bas, dans la rue. Elle ressemblait à une voiture qu'il connaissait. Incrédule, il vit une silhouette familière en descendre. Il pensa d'abord à une coïncidence, et lorsqu'il vit la silhouette se diriger vers la porte de l'immeuble d'Aloïs, il sut que cela n'en était pas une.

— Non, je ne crois pas vraiment... disait Aloïs.

— Pas vraiment quoi ? demanda Pierre, absorbé dans ses pensées.

— Eh bien, si un échantillonnage d'un millier de personnes permet d'estimer l'avis de toute une nation sur un sujet, ce n'est pas parce que notre libre arbitre est réduit d'une quelconque façon, mais c'est parce que cet échantillonnage a été correctement choisi et qu'il conduit à une bonne estimation de l'avis général... Mais qu'as-tu ?

— Je ne sais pas trop si j'ai quelque chose, murmura Pierre, mais je pense que nous allons bientôt le savoir...

Ils entendirent l'ascenseur s'arrêter au palier et la sonnette retentit.

Pierre ouvrit la porte et se trouva nez à nez avec le Boss. Celui-ci lui sourit, et comme il entrait dans la pièce où se tenait Aloïs, il le salua d'un chaleureux « Bonjour Monsieur Goebius ; comment allez-vous ? »

— Ah ! C'est vous... Ma foi, pas trop mal, compte tenu de mon âge... En fait, à l'instar de la cuisine familiale, bien vieillir c'est l'art d'accommoder les restes ! répondit Aloïs.

Pierre ne put s'empêcher de demander :

— Vous vous connaissez ?

— Comme vous le voyez, vous n'êtes pas le seul, à fréquenter des esprits éclairés, dit le Boss sur un ton enjoué.

— Je ne sais pas s'il est vrai que je suis un homme éclairé, rétorqua Aloïs, mais je peux vous dire que même si c'est le cas, j'y vois pourtant de moins en moins bien...

Malgré ce ton léger, Pierre éprouvait un réel malaise. Certes, le Boss n'avait pas de raison de savoir qu'il connaissait Aloïs, mais celui-ci savait où Pierre travaillait. Et dans ce cas, chacun d'eux devait savoir que Pierre était une connaissance commune. Pourquoi ni l'un, ni l'autre, ne lui avaient-ils rien dit ? Pour commencer à dissiper le malaise qui perçait dans la question de Pierre, Aloïs ajouta :

— Oui, nous nous connaissons depuis pas mal d'années...

Et le Boss continua :

— En fait, vous ne le savez peut-être pas, mais Monsieur Aloïs Goebius connaît bien notre compagnie, et depuis fort longtemps, car il en fut l'un des fondateurs. Comme à son habitude, lorsqu'il fut convaincu que la survie de la compagnie était assurée, il vendit ses parts et vogua vers d'autres aventures...

— C'est à cette époque-là, que j'ai commencé à enseigner de manière régulière, compléta Aloïs.

— Et pourquoi ne m'avoir rien dit ? demanda Pierre.

— Eh bien, dit Aloïs, lorsque nous nous sommes revus, quelques années après la fin de tes études, tu m'as dis où tu travaillais et que les choses se passaient plutôt bien pour toi ; j'ai pensé qu'il n'était pas nécessaire d'interférer dans tout cela.

Comme Pierre se tournait vers le Boss, celui-ci déclara :

— En ce qui me concerne, j'ignorais que vous vous connaissiez jusqu'au jour où je suis venu demander conseil à Monsieur Goebius. Je cherchais un projet innovant capable de stimuler l'activité et le chiffre d'affaires de la société. Au fil des discussions, l'idée prit forme, de créer un outil d'aide à la décision : un système permettant de simuler les comportements de groupes de consommateurs, de salariés, d'électeurs ou de tout autre groupe face à une situation ou à une décision donnée. C'est ainsi qu'est né le projet SUCH : Simulateur Universel de Comportements Humains.

— Tu noteras, intervint Aloïs en souriant, que je n'étais pas du tout d'accord sur le nom, car un tel simulateur n'a rien d'universel, et tout au plus s'agit-il d'un « estimateur » de comportements, dont les résultats seront des estimations nécessairement dotées d'une bonne dose d'imprécision. Mais bien sûr, l'avantage c'est que pour étudier un problème on peut faire autant d'estimations que l'on veut, en faisant varier ou non les hypothèses.

— Au début, reprit le Boss, il ne s'agissait que de mettre au point un produit innovant et de le commercialiser, mais à la réflexion, j'ai pensé qu'il serait plus judicieux d'en garder l'usage exclusif, et de l'utiliser pour vendre nos conseils stratégiques à des groupes commerciaux, politiques, voire même à des gouvernements.

— Là encore, murmura, Aloïs, je ne suis pas vraiment d'accord... mais, après tout, je n'ai plus mon mot à dire dans les affaires de cette société.

— La nature exacte de l'outil, continua le Boss, et par conséquent le projet d'élaboration, devaient donc rester secrets le plus longtemps possible, non seulement vis-à-vis de la concurrence, mais aussi lors de son usage ultérieur afin de préserver notre avantage.

Pierre se taisait, attendant la suite.

— Mais pour en revenir à vous, poursuivit-il, j'avais mentionné que j'avais grande confiance en un jeune chef de projet, à qui je comptais confier la direction du projet SUCH, et je fus ébahi lorsque j'entendis Monsieur Goebius mentionner votre nom, et demander s'il ne s'agissait pas de vous.

Ce discours, somme toute assez flatteur, n'avait pas entièrement dissipé le malaise de Pierre. Il se tourna vers Aloïs :

— Puis-je vous demander, si notre longue discussion au sujet des isomorphismes était motivée par votre connaissance du projet sur lequel je travaillais ?

— Oui et non, ou plutôt... non et oui. Non, parce qu'ainsi que nous en avons déjà discuté, une simple modélisation est en général bien loin de constituer un isomorphisme, et a fortiori un outil ne permettant que des estimations en est encore plus loin. Mais, oui, parce qu'un isomorphisme constitue un simulateur parfait entre les domaines où il s'applique, et que ton projet constitue une toute petite tentative de créer un simulateur... quoique très imparfait.

Après un silence il ajouta :

— Mais la vraie raison de la discussion que nous avons eue

à ce sujet, c'est que la découverte d'isomorphismes plus ou moins complets, et leur utilisation par l'humanité pour l'observation et la description de son environnement, constitue une aventure fondamentale que je trouve fascinante, et qui nous dépasse ...

Il fit encore une pause et conclut en souriant :

—Et de plus j'aime bien échanger avec toi...

66 - QUESTIONNAIRES

Pierre dormait mal, probablement à cause du stress et des enjeux de son travail pour la compagnie. Il faisait des rêves étranges liés au projet et ses débuts de journées étaient difficiles. Apparemment il n'était pas le seul, car les responsables de l'équipe, à l'exception d'Hervé, lui avaient confié être dans le même cas.

Depuis sa rencontre chez Aloïs, il n'avait pas revu le Boss. Aussi, ce matin là, ne fut-il pas vraiment étonné lorsque celui-ci lui téléphona. La conversation fut brève.

— Vous arrivez à la fin de ce projet qui nous tient tous à cœur...

La phrase ressemblait plus à une affirmation qu'à une interrogation ; ce qui était surprenant.

— Nous devons maintenant entrer dans la phase des tests, et il y a encore pas mal de travail...répondit-il.

— Néanmoins, je suis convaincu que nous arriverons bientôt à quelque chose d'intéressant, qui nous permettra de nous positionner comme une société prestataire de conseils d'avant-garde. Et cela va considérablement infléchir l'activité de notre compagnie... Afin d'en examiner les conséquences, j'organise à la fin de la semaine, un séminaire avec la cinquantaine de cadres dont je considère les rôles comme essentiels pour le futur de la compagnie, et vous y êtes conviés, ainsi que les responsables membres de votre équipe.

— Je croyais que tout cela devait rester secret...

— Nous parlerons de nos futures activités de conseil mais, pour le moment nous, ne dirons rien de l'outil d'avant-garde que nous avons créé. Si vous intervenez, cela ne doit concerner que l'activité de conseil elle-même, et vous ne présenterez pas vos travaux.

Je compte sur vous pour avertir vos proches collaborateurs qui sont sur la liste des invités.

Quoique formulée poliment, cela ressemblait plus à une convocation qu'à une invitation. Avant de raccrocher, le Boss ajouta :

— Ah, j'oubliais... L'endroit où nous allons passer la fin de semaine s'appelle Le Clos De Turinge, c'est un hôtel installé dans une ancienne abbaye, vous verrez on y mange très bien... À vendredi soir donc...

Pierre resta pensif, loin d'être enthousiasmé par la conversation qu'il venait d'avoir... D'abord, il trouvait que ce séminaire impromptu était, pour le moins, prématuré ; mais ce qui le contrariait par-dessus tout, c'était de ne pas pouvoir disposer de son temps de fin de semaine. La veille, pour la première fois, il avait osé proposer à Candice une balade au bord de la mer en sa compagnie durant le week-end, et elle avait accepté... Après quelques instants, il lui fallut se rendre à l'évidence, et il se décida à prévenir les responsables de l'équipe en commençant par Candice.

D'abord surprise par le ton inhabituellement morose de la voix de Pierre, elle comprit vite ce qui le tracassait, et mi-espiègle, mi-sérieuse elle répondit :

— Ne te tracasse pas...Certes, ce séminaire arrive un peu trop tôt, mais je ne pense pas qu'il faille s'inquiéter pour cela, il faudra bien qu'il y en ait un autre quand notre outil sera au point...

Pierre ne savait trop que répondre, et resta silencieux un instant, alors elle ajouta gaiement :

— Quant à la balade que tu m'as proposée, ça n'est que partie remise... Si l'invitation tient toujours...

— Oui, ça tiendra toujours... répondit Pierre, conscient de la déclaration implicite que pouvait évoquer sa réponse.

Il y eut un moment de flottement, puis Candice reprit :

— As-tu reçu le questionnaire que je t'ai envoyé il y a deux jours par courriel ?

— Oui, dit Pierre, deux cent quarante questions concernant mes « Big Five » auxquelles je suis censé répondre. C'est un peu long à remplir... Tu me l'as envoyé pour t'assurer scientifiquement que tu n'avais pas accepté d'aller te promener avec un psychopathe ?

Candice rit franchement :

— Certes, il y a deux cent quarante questions, mais il faut

seulement répondre honnêtement par oui ou par non à chacune d'entre elles, et cela ne prend guère plus d'une demi-heure. Et si tu avais lu l'explication que j'ai jointe, tu aurais vu que le questionnaire rempli que tu me renverras, sera reçu de manière anonyme et traité électroniquement. Je l'ai envoyé à toutes les personnes qui travaillent de près ou de loin sur notre projet, en leur demandant d'y répondre pour ce soir au plus tard.

Puis elle ajouta :

— De toute façon, en ce qui concerne mes relations futures avec un éventuel psychopathe, ma décision est déjà prise...

Le pouls de Pierre battit un peu plus fort, et il eut beaucoup de mal à repenser au projet. Mais dans un effort il demanda :

— Que feras-tu de ces réponses ?

— Eh bien, j'ai pensé qu'il serait intéressant de les introduire dans notre simulateur, afin d'adjoindre des profils réels à ceux générés aléatoirement par le système.

Sa conversation avec Candice avait laissé Pierre songeur à plus d'un titre.

Vers la fin de la journée, une idée étrange naquit dans son esprit, qu'il résolut d'évoquer avec Aloïs. Puis, alors qu'il s'apprêtait à quitter son bureau il reçut un courriel d'Alix :

« *Objet : Ta suite binaire « aléatoire »*

Pierre,
Tu connais tout comme moi l'existence du code ASCII. C'est le premier système standardisé d'encodage de caractères alphanumériques. A chaque lettre de l'alphabet, il fait correspondre un numéro binaire fixé. Développé initialement pour permettre la transmission informatique des caractères de l'alphabet anglais, il est à l'origine de la plupart des procédés actuels de transmission et de manipulation d'écritures latines...

Si, au lieu de simplement traduire en nombres décimaux la suite de nombres binaires que tu as reçue, tu regardes leur signification dans le code ASCII, tu auras alors une étonnante surprise.

Je te laisse le soin de faire toi-même l'expérience...

Amicalement

Alix »

Il suffisait de taper dans un moteur de recherche les mots « code ASCII » pour voir apparaître une table donnant en numération binaire, ainsi qu'en numération décimale, les valeurs des caractères alphanumériques utilisées lors des transmissions informatiques.

Cela ne lui prit pas longtemps. Le premier nombre binaire 01000110, s'exprimant par le nombre 70 en décimal, correspondait dans le code ASCII à la lettre « f » majuscule...

Lorsqu'il eut fini et qu'il fut remis de son étonnement, il marmonna pour lui-même « raison de plus pour le voir... et dès ce soir... »

67 - TEST

Lorsque Pierre arriva chez Aloïs, celui-ci était penché sur la grille d'un sudoku. Selon leur rituel bien établi, Pierre prépara du thé, puis il demanda à brûle pourpoint :

— Pourquoi m'avoir envoyé un message codé en ASCII ?

— Depuis quelque temps, je m'attendais à cette question, répondit tranquillement Aloïs.

— La suite de huit nombres binaires exprimant les nombres 70, 61, 107, 109, 77, 47, 100, 50, correspond aussi aux huit caractères ASCII : F, =, k, m, M, /, d, 2 autrement dit, c'est l'expression de votre formule fétiche... la formule de Newton :

« $F = kmM/d^2$ ».

— J'accepte bien volontiers l'expression « formule fétiche ». Es-tu superstitieux ? répliqua Aloïs, comme s'il voulait dévier la conversation.

— Non, je ne suis pas superstitieux, ça porte malheur...

Pierre était conscient de la banalité de la réplique, mais il en appréciait le « caractère indécidable ».

— Tous les esprits rationnels se ressemblent, mais ceux qui sont superstitieux le sont chacun à leur manière..., répondit Aloïs, parodiant en souriant, une introduction célèbre devenue aussi un quasi lieu commun.

Puis il poursuivit :

— Moi non plus, bien sûr, je ne suis pas superstitieux. Les superstitions, sont comparables à des chaines que, bizarrement, pour se rassurer, l'on s'attacherait volontairement aux pieds. Mais en fait, elles ne font qu'entraver les mouvements et rendre la vie plus compliquée... Pourtant tu as raison de considérer que la formule de Newton est ma formule fétiche ; elle a ceci de commun avec une superstition : *elle me rassure...*

Pierre tendait une tasse de thé à Aloïs, et celui-ci ne semblait pas s'en apercevoir ; il poursuivait :

— Dans notre monde de valeurs inversées, où les jeux sont devenus plus importants que le pain, et où les instigateurs et promoteurs de futilité sont adulés, célébrés, grassement rémunérés, alors que les producteurs de ce qui est essentiel pour vivre et se développer ensemble ont du mal à joindre les deux bouts, cette formule toute simple, à l'origine directe et indirecte de tant de connaissances, me rassure par son universalité qui nous dépasse, sur la capacité de l'homme à comprendre et influer sur son destin.

Finalement Aloïs se saisit de la tasse que lui tendait Pierre, et celui-ci en profita pour demander :

— Mais pourquoi me l'avoir envoyé sous forme codée ? Quel intérêt ?

— Je ne te l'ai pas envoyée... Elle s'est envoyée toute seule !

— Je ne comprends pas.

— A vrai dire, moi non plus... Je l'utilise comme une sorte de devises, en pied de page de mes documents. Je suppose que lorsque j'ai fait la copie du logiciel de veille que tu m'avais demandé, j'ai du faire une fausse manœuvre et intégrer par inadvertance la formule au fichier que je copiais. Je ne me suis fait une idée de ce qui avait dû se passer que récemment et je comptais t'en parler à l'occasion.

— Mais pourquoi les lettres et symboles de la formule sont-ils apparus sous forme de code ASCII sur les écrans baladeurs ?

— Je n'en sais rien ! Parfois, ce qui émerge de la combinaison involontaire d'instructions informatiques donne un peu l'impression de s'apparenter à de la sorcellerie...

Pierre n'était pas très convaincu, mais il n'insista pas et conclut :

— Finalement, tout cela n'a aucune importance.

Curieusement, tout en se remettant à écrire sur sa grille de sudoku, Aloïs ajouta :

— On ne sait jamais... Pense à la sensibilité de certains systèmes aux perturbations et aux conditions initiales dont nous avons parlé... cet « effet papillon » si cher aux médias.

Pierre se demandait si c'était par humour ou par goût

du paradoxe qu'Aloïs envisageait que la simple expression de la formule de Newton, l'un des fondements du déterminisme en physique, puisse servir en elle-même de déclencheur d'un système chaotique.

— Et le courriel concernant les pensées latérales et les fourmis polytechniciennes...Est-il parti tout seul ? questionna-t-il, un peu sarcastique.

— Non, ça c'était une plaisanterie, pour essayer de t'aider à remuer tes méninges, concéda le vieil homme en souriant.

« Cela n'a pas si mal fonctionné » pensa Pierre. Puis il lui parla de l'idée de Candice d'introduire des profils de personnalité réels dans le système multi-agents qu'ils avaient conçu. Aloïs, tout en continuant à griffonner sur sa grille demanda :

— Et qui seront les heureux élus qui auront l'honneur de prêter leur profil pour tester l'outil ?

— Pour le moment nous allons utiliser les profils de ceux qui ont participé d'une manière ou d'une autre au projet. Mais si vous êtes d'accord, nous pouvons aussi inclure le vôtre.

Levant les yeux vers Pierre, un sourire amusé aux lèvres, Aloïs répliqua :

— Le moins qu'on puisse dire c'est que je ne suis pas représentatif de la population active, et je ne crois pas que ce soit la peine.

Pierre continua :

— Puisqu'on introduit le profil de personnes ayant travaillé au développement d'un projet, autant démarrer nos tests sur le système multi agents en leur faisant simuler la réalisation d'un projet.

Aloïs posa son crayon, et regardant fixement Pierre, comme s'il devinait la suite, il demanda :

— Et la réalisation de quel projet voudrais-tu simuler sur cet outil ?

Comme Aloïs s'y attendait, Pierre répondit :

— Eh bien, la réalisation du projet SUCH...

— On ne peut pas dire que tu cherches la facilité ! Tu veux donc simuler sur ton outil de simulation le développement même de cet outil de simulation ?

Aloïs fronça les sourcils et parut tomber dans un abîme de réflexions, puis au bout d'un long moment, il marmonna pour lui-même « Après tout, ce n'est pas un vrai simulateur...

Ce n'est qu'un estimateur…Et puis une partie complexe ne se rejoue pas… » Enfin, il demanda :

—Et quand comptez-vous commencer le test ?

— Nous allons préparer les données pour la fin de la semaine, et nous commencerons lundi.

— Cette idée de faire agir un système sur lui-même est vraiment une idée très intéressante, et aux implications multiples. Deux idées similaires, l'une en mathématiques, et l'autre à la naissance de l'informatique, ont révolutionné les fondements de ces deux domaines. L'un des protagonistes s'appelait Alan T…

Mais il s'interrompit et s'absorba à nouveau un moment dans ses pensées ; finalement il déclara :

— Écoute… Je ne suis pas très tranquille avec cette idée de rentrer dans le simulateur les profils des gens qui l'ont développé, et de faire simuler au simulateur son propre développement… C'est une auto-référence…

— Mais nous côtoyons des auto-références tous les jours… Par exemple le cerveau humain qui étudie le cerveau humain, le fait de parler du langage, ou bien, comme nous l'avons évoqué, étudier les isomorphismes au moyen d'isomorphismes, (sans parler de ceux qui envisagent que l'univers pourrait être fermé et donc être immergé en lui-même)…

— Il faut réfléchir, et en reparler ensemble. En attendant je voudrais avoir la certitude que vous ne mettrez pas cela en œuvre avant que nous en ayons discuté de manière approfondie…. Mais il se fait tard, et je suis fatigué. Pourquoi ne viendrais-tu pas me voir samedi après-midi pour en parler plus longuement.

Pierre pensa fugacement que décidément le monde entier voulait s'opposer à ce qu'il emmène Candice au bord de la mer cette fin de semaine.

— Malheureusement je ne peux pas, le Boss nous a convoqués pour un séminaire de travail pendant tout le week-end. Nous avons rendez-vous au Clos De Turinge vendredi soir, après le travail pour ne pas nuire à notre productivité… Mais si cela vous convient, je peux passer vous voir dimanche en fin d'après-midi, et comme je vous l'ai dit nous ne chargerons les profils dans le simulateur et ne commencerons les tests que lundi.

Le visage d'Aloïs se détendit et il répondit :

— D'accord pour dimanche en fin d'après-midi.

Puis il déclara :

— Je connais le Clos De Turinge, c'est un endroit calme et la cuisine y est excellente... Une de leurs spécialités s'appelle les « bretzels de Gödel » ; ce sont de petites viennoiseries qui forment des boucles étranges.

Enfin il conclut sur cette réflexion bizarre :

— J'espère que c'est un lieu où l'on est protégé des errements des machines universelles...

68 - STYLO

Hervé avait reçu par courriel le questionnaire envoyé par Candice. Il lui était demandé, ainsi qu'à tous les membres de l'équipe dont il était responsable, de le remplir. Comme à l'accoutumée, sa première réaction avait été la frustration, d'autant plus que Candice était restée insensible à ses avances.

Grâce à ce qu'il avait commencé à capter des conversations ayant lieu dans les bureaux, il commençait aussi à entrevoir les ramifications du projet. Mais une fois de plus il n'était ni à l'origine, ni même dans le secret des décisions prises.

Puis, à la réflexion, il pensa que ce questionnaire pouvait constituer un excellent prétexte pour s'approcher à nouveau de Candice et essayer d'en savoir plus.

D'autant plus que le micro qu'il avait tenté d'installer dans le bureau de celle-ci semblait ne pas fonctionner, et qu'il était décidé à le remplacer.

Il attendit le matin du dernier jour de la période de réponse spécifiée dans le courriel de Candice. Il prit un carnet et son stylo Montblanc, et, sans s'annoncer au préalable, il alla frapper à la porte de son bureau. Bien qu'elle ait prit soin de garder une certaine distance vis-à-vis de Hervé, elle le reçut amicalement.

— Certains membres de mon équipe, dit-il, hésitent à remplir ton questionnaire et se demandent à quoi il est destiné.

— Tu peux les rassurer ; comme je l'ai mentionné dans la notice explicative, ces questionnaires sont traités de manière anonyme, électroniquement et sans intervention humaine. Toutefois il est important que les réponses soient sérieuses et sincères, car elles serviront à établir des profils statistiques.

— J'ignorais que notre business concernait aussi les statistiques sociales..., dit Hervé, cherchant à la faire parler.

Candice répondit évasivement :

— Sociales, psychologiques, ou autres... il s'agit là de traitement de données...

Puis elle ajouta :

— En tout cas, il ne doit pas y avoir beaucoup de gens inquiets, car le listing de ceux qui ont répondu est presque complet. Il manque très peu de noms, dont le tien. Si tu pouvais l'envoyer avant que nous partions tous en séminaire ce soir, ce serait parfait ; je compte tout préparer aujourd'hui pour débuter l'exploitation dès lundi matin.

Le téléphone sonna, c'était Pierre, et Candice fit comprendre que la conversation allait durer. Hervé partit à regret « oubliant » son carnet et son stylo dans un coin discret, et espérant que Candice ne s'en apercevrait pas tout de suite. Puis il retourna à son bureau, et décida que, finalement, il n'y avait aucun inconvénient à ce qu'il remplisse objectivement le questionnaire. Après tout, si son plan fonctionnait, il aurait accès, dès la semaine prochaine, à une grande partie de ce qu'elle pourrait dire à Pierre et Alix.

Le même jour, Aloïs s'était réveillé avec un sentiment d'oppression qui ne l'avait pas quitté de la journée. Il ressentait une douleur sourde dans la poitrine, gênante mais pas assez forte pour l'inquiéter vraiment. « Ce doit être un début de bronchite. Il faut que j'en parle à mon infirmière ange gardien, qui devrait passer ce soir » pensa-t-il. Malgré cela, ou peut-être à cause de cela, il s'était plongé dans un ouvrage intitulé « Alan Turing et sa machine universelle. » Puis, en fin journée, son malaise augmenta. Il voulut téléphoner à Pierre, mais sa ligne était occupée. Au début de la soirée, une immense fatigue l'envahit. Il se dirigea vers son lit et pensa : « C'est bizarre, plus on vieillit, moins on tient à la vie, et plus on a peur de la mort... »

69 - SOUVENIRS

Nous étions partis tôt le matin. Nous avions évité la place et les rues qui y menaient, ce qui nous avait permis d'arriver à la colline sans être importunés.

— Tu sais... depuis quelque temps je crois que je me souviens... dit Jessica alors que nous étions presqu'au sommet.

Je pensais savoir de quoi elle voulait parler, et j'avais une impression semblable. Pourtant, pour en avoir le cœur net, je demandais :

— De quoi te souviens-tu ?

—Je me souviens de ce qu'il s'est passé avant notre premier dîner. Au début il s'agissait de souvenirs fugaces, mais rapidement ils sont devenus de plus en plus présents, et maintenant j'ai la sensation qu'ils font partie de moi.

— Je ressens la même chose répondis-je.

Elle voulut poursuivre :

— Avant, je travaillais...

Mais elle s'interrompit, car au détour du dernier virage, nous vîmes s'approcher les deux Invariants, qui revenaient probablement de la tour. Lorsqu'ils arrivèrent à notre hauteur, nous les saluâmes d'un petit signe de tête, auquel ils répondirent par un hochement indifférent, et nous continuâmes notre chemin.

— J'espère qu'ils n'ont toujours pas changé le code, murmura Jessica alors que nous atteignions la porte de la tour.

Elle composa les lettres S,U,C,H et comme la dernière fois la porte s'ouvrit.

Nous étions impatients de savoir si nous pourrions visionner toutes les séquences auxquelles les lunettes semblaient nous donner accès. Malheureusement, cette fois-ci les images étaient figées, et la boîte de dialogue demandait « Le code ».

J'essayai d'introduire les lettres SUCH, mais la boîte de dialogue clignota et réitéra sa demande.

Après un moment de réflexion Jessica suggéra :

— Et si nous essayions d'introduire les nombres binaires présents sur nos colliers, dans l'ordre où ils apparaissent sur la fontaine ?

Je commençais à taper le premier nombre « 01000110 », mais cela ne donna aucun résultat, pas plus que les sept autres nombres binaires que j'essayais.

Je proposai alors d'entrer les nombres décimaux correspondants aux suites binaires, et commençai à taper la suite 70, 61, 107... Mais avant que j'aie pu finir de rentrer tous les nombres, l'impérieuse demande de la boîte de dialogue se remit à clignoter.

Notre déception était grande, nous avions le sentiment que si nous ne découvrions pas le code nécessaire, notre accès à la connaissance serait barré.

— D'abord, maugréai-je, pourquoi nous demande-t-on « LE » code, comme s'il n'y avait qu'un code possible ? A-t-il une valeur universelle ?

Comme je prononçais ces mots, Jessica me regarda intensément, et nous nous comprîmes... Elle dit à voix haute :

— Le message que nous avons déchiffré sur la fontaine, nous a paru abscons... Mais en fait nous savons bien qu'il est universel...

— Les nombres que nous portons sur nos colliers, lus dans le même ordre que celui de la fontaine, et traduits en lettres, forment un code universel qui dépasse de loin notre monde...

Alors j'introduisis les huit caractères « F = k m M / d 2 ».

Le système se débloqua, et nous nous aperçûmes que si nous cliquions tous les deux sur la même vignette, nous pouvions visionner ensemble la même scène.

La porte était bien fermée ; nous pouvions espérer avoir tout le temps que nous souhaitions sans être dérangés, si ce n'est, éventuellement, par un couple d'Invariants, ce qui ne semblait guère prêter à conséquences...

70 - REBOOT

Hervé s'arrangea pour passer plusieurs fois devant le bureau de Candice, espérant que celle-ci s'absenterait suffisamment longtemps, pour lui laisser le temps d'agir avant qu'elle ne quitte le bureau pour le week-end et ne le ferme à clé. Le plan de Hervé était simple, il entrerait dans le bureau, récupérerait l'ancien micro collé sous le bureau de Candice, et le remplacerait par le nouveau. Si quelqu'un entrait, il prétexterait être allé récupérer son magnifique stylo et son carnet.

Il commençait à penser qu'il devrait remettre l'opération à la semaine suivante, lorsque l'occasion qu'il attendait se présenta. Candice sorti de son bureau et se dirigea vers celui de Maude. Elle venait de rentrer dans son ordinateur, prêts à être chargés dans le simulateur SUCH, les profils constitués par les réponses aux questionnaires

Il pénétra dans la pièce, en prenant soin de laisser la porte entrouverte, signe pensait-il, qu'il n'avait rien à cacher si on le surprenait.

L'écran de travail de l'ordinateur de Candice indiquait encore : « *Ready for loading - Press Enter* ». Puis l'écran de veille se substitua à l'écran de travail.

Le mini micro avait été collé au moyen d'une petite pastille adhésive, sous le plateau du bureau de Candice, côté visiteur.

Alors qu'il achevait de détacher l'objet défectueux, quelqu'un frappa quelques coups discrets, le faisant sursauter, et sans attendre, la porte s'ouvrit.

Dans l'émotion, Hervé le laissa échapper et se redressa vivement ; il s'emmêla un peu dans les cordons de l'ordinateur qui serpentaient sous le bureau.

— Excusez-moi, dit la femme de ménage embarrassée, je croyais qu'il n'y avait personne.

Puis elle se retira en fermant la porte derrière elle.

Mais, finalement, tout se passa comme prévu ; Hervé put récupérer le micro, en mettre un autre et regagner son bureau sans encombre...

Lorsque Candice revint, elle constata avec irritation que son ordinateur était éteint.

Elle essaya d'abord de le rallumer, en vain. Puis, s'apercevant que le cordon d'alimentation n'était pas correctement enfoncé dans la prise, elle le remit en place.

« Cela doit être, l'équipe de nettoyages ; quoique, aujourd'hui, contrairement à d'habitude, on ne voie pas trop la différence avant et après leur passage. » pensa-t-elle.

Elle remit en marche l'ordinateur, mais comme elle allait être en retard pour le séminaire, elle n'attendit pas la fin du processus de redémarrage. Elle quitta rapidement son bureau, et ne vit pas le message « *Loading* « Profiles » *in progress.* »

71 - PASSÉ

Le jour déclinait, Jessica et moi avions visionné presque toutes les séquences.

Dans l'une des dernières, une jeune femme brune et bouclée disait à une autre jeune femme, blonde celle-là :

— Donc, tu crois qu'avec les profils créés, ainsi que leurs capacités logiques à se poser les bonnes questions et l'accès à la base de connaissances, ils pourront même se reconstituer un passé.

— Oui, répondait la jeune femme blonde, ou plutôt se constituer la mémoire d'un passé ; car l'accès permanent à la base de connaissances leur fournit les notions dont ils ont besoin, au moment où elles leur deviennent nécessaires.

J'interrompis le visionnage ; nous ôtâmes nos lunettes et je me tournai vers Jessica qui murmura :

— Ne sommes-nous qu'une image ?... Un reflet ?...

— C'est toujours une image ou un reflet de quelque chose... Quelle est l'image, quel est l'objet ? Se peut-il que cela ne soit qu'une question de point de vue ? Peut-être venons-nous de contempler la frontière de deux mondes à jamais séparés, et qui le resteront toujours, un peu comme de l'huile et de l'eau dans un même récipient.

— À moins que ces deux mondes ne soient inter-pénétrables, telle la grenadine et l'eau, et que les lois régissant leur évolution ne les forcent à se mélanger, dit Jessica sans l'air de trop y croire

Après un moment de silence j'ajoutai :

— Finalement, Luigi n'a peut-être pas totalement tort... pour l'architecte.

— Oui, mais si c'est le cas, ça n'a pas grand-chose à voir avec la salade qu'il essaye de vendre...

Elle resta silencieuse un moment puis demanda :

— Avant... avant le premier dîner... nous travaillions ensemble n'est-ce pas ?

— C'est ce que je crois...

72 - SÉMINAIRE

L'atmosphère était bon enfant. Après un cocktail informel, les convives s'installaient pour le dîner au Clos De Turinge, dans une immense salle ronde, voûtée, aux pierres apparentes.

Pierre était assis à la droite de Candice. Alix et Maude étaient à l'autre bout de la salle, et Hervé venait d'arriver.

...Étendu sur son lit, Aloïs avait maintenant du mal à respirer, et sa douleur irradiait dans son bras gauche. Il n'avait plus la force de téléphoner pour demander de l'aide. Soudain cette douleur s'amplifia et devint insupportable...

— J'aime bien commencer un repas par une salade, dit Pierre, alors que les serveurs commençaient à apporter les entrées.

— Celle-ci a l'air agrémenté des fameux « bretzels de Gödel » et cela semble délicieux, voulut répondre Candice.

Mais Pierre n'entendit pas la fin, ou peut-être ne termina-t-elle pas sa réponse ; il eut l'impression que les lumières s'éteignaient, et perdit conscience...

Lorsque la lumière revint, il se souvenait qu'il avait un nom... quelque chose comme Pi-R...

Son voisin de droite lui proposa de la salade...

Sa voisine de gauche croyait s'appeler Can-10...

À l'autre bout de la salle Her-V cru voir une lueur fugace au-dessus de la tête de deux convives ; l'une pensait que son nom était Mo-2 et l'autre croyait que le sien devait être Al-X.

*
*   *

POSTFACE

Il y a, sur le parvis de l'hôtel de ville de Paris, une statue allégorique de Jules Blanchard, qui s'intitule « La Science ». Elle représente une belle jeune femme, fort peu vêtue, assise sur un globe terrestre lui-même entouré des signes des constellations du zodiaque. Tenant un stylet dans la main droite, elle semble prête à graver quelque chose sur une tablette reposant sur son genou gauche.

Peut-être s'apprête-t-elle à graver l'équation de l'attraction universelle entre deux corps, de Newton :

$$F = k\,(M \times m)\,/\,d^2$$

Pour connaître la force s'exerçant entre deux corps, il suffit de multiplier la masse de l'un par la masse de l'autre, puis de multiplier le résultat par un nombre... toujours le même. Enfin il faut diviser par le carré de la distance qui les sépare ; pas un peu plus... pas un peu moins... non ! Il faut prendre exactement le carré de la distance qui les sépare.

Et cela fonctionne entre tout objet et la terre... entre la lune et la terre... entre la terre et le soleil... entre deux planètes... deux étoiles... deux galaxies... Cela semble marcher partout où on essaye et où on peut mesurer.

Comment une formule d'une telle universalité a-t-elle pu émerger de notre cerveau de primate et se trouver si parfaitement en accord avec l'univers qui nous entoure ? Elle est une des toutes premières d'une longue série de telles formules aux caractères descriptifs et prédictifs ahurissants, sortie de ces mêmes cerveaux de primates. Et ces formules ont radicalement changé notre perception de l'univers, celle de la place que nous y tenons... et nos vies quotidiennes.

Pour que les cerveaux humains se mettent en réseau et communiquent par-delà les distances et les générations, et pour que, sous la conduite de quelques-uns d'entre eux aux obsessions et fulgurance géniales, petit à petit les hommes construisent un système de pensées et de langages leur permettant de prédire le comportement de la nature et de commencer à s'en affranchir, il a fallu des milliers d'années. Le mouvement s'est accéléré de manière extraordinaire au cours des trois ou quatre derniers siècles.

Se pourrait-il que ce système de pensées se construisant au fil des générations, et qui semble tellement bien s'adapter à la description de l'univers dans lequel nous sommes plongés, soit une sorte de décodeur en évolution permanente, qui finira un jour par révéler l'image de cet univers, tel un décodeur de DVD révélant le film qui y est encodé ? Aloïs Goebius, avec son questionnement sur les isomorphismes, dont il s'amuse à quelque peu étirer la notion, se plaît à le croire, et cette perspective prodigieuse et stupéfiante l'enthousiasme...

Il y a d'ailleurs quelques correspondances entre histoires, personnages, et certaines situations, qui sans représenter forcément des isomorphismes, peuvent y faire penser.

Les trois petites énigmes mathématiques, illustrent de manière simple la puissance des mathématiques en tant que langage et en tant que mode de raisonnement, mais elles ne sont pas essentielles à la compréhension de l'histoire. En particulier, dans l'énigme des auréoles, deux langages différents permettent de raisonner et d'arriver à la bonne conclusion, mais celui employé par Jessi-K, qui est un langage mathématique, est plus efficace et plus compact ; il est en outre plus général, ce qui permet de l'utiliser pour une quantité de problèmes différents. La plupart des problèmes posés par la description de notre univers ne peuvent être résolus qu'au moyen du langage mathématique, car nous n'en connaissons pas d'autres conduisant à une description prédictive.

Mais peut-être notre accorte jeune femme ne s'apprête-t-elle pas à graver la formule de Newton sur une tablette en pierre. Au lieu d'une tablette en pierre, peut-être s'agit-il d'une tablette électronique sur laquelle elle contemple un film. Dans quel sens le film se déroule-t-il ? Si elle regarde un film sur l'univers physique à l'échelon microscopique, cela n'a pas d'importance car, contrairement à notre intuition, ses lois physiques sont invariantes par rapport à un renversement du temps. Mais si c'est un film dans lequel un grand nombre de particules interagissent, alors le sens dans lequel elle le passe a une importance fondamentale. Les notions fortement contre-intuitives que sont chaos et entropie ainsi que leur rapport avec la notion de la direction de la flèche du temps, elle-même au contraire, particulièrement intuitive et indissociable de notre existence, sont bien souvent mal comprises et mal retransmises. Aloïs Goebius, peut-être parce qu'il ressent de plus en plus dans sa chair les blessures causées par la flèche du temps qui passe, se plaît à effleurer ces notions... Peut-être est-ce aussi pour mieux les apprivoiser et les accepter.

Alors que Pierre se pose des questions sur l'opposition qui existe entre "convictions", et "quête de la connaissance" par ceux qui utilisent la logique (ceux qui tiennent la corde), ainsi que sur la place de l'intuition dans tout cela, Thier-I, Jessi-K et leurs amis, dans leur monde, sont confrontés à la manipulation, au fanatisme, à l'autocratisme, et à l'opposition frontale à la recherche de la connaissance qui en résulte. Les cravates et talons hauts, symboles à la fois d'appartenance, de manière de vivre et d'aliénation pourraient bien évoquer de manière non voilée les tentatives d'assujettissement des jeunes femmes que certains voudraient maintenir bien voilées dans notre monde.

Les "boucles étranges" et autres "propositions indécidables" s'invitent dans l'histoire et dans certaines répliques (ainsi que dans les bretzels), tout comme elles se sont invitées dans notre monde, et en particulier là où on les attendait le moins : dans les mathématiques...
C'est une référence aux fameux théorèmes d'incomplétude de Gödel, popularisés avec génie, par Douglas Hofstadter, mais qui néanmoins ne restent vraiment accessibles qu'à une minorité de mathématiciens spécialistes. Et puisqu'il est question de boucles, Möbius dont le célèbre ruban inspira tant de mathématiciens et d'artistes s'associe discrètement à Gödel et à l'histoire au moyen de son titre contrapétique.

Alan Turing, a découvert un pendant informatique aux travaux de Gödel plus accessible au commun des mortels, en imaginant une « machine universelle » informatique qui peut simuler toutes les autres machines informatiques, puis en lui faisant appliquer cette simulation à elle même.

C'est ce que projette Pierre lorsque, malgré les réticences d'Aloïs, il entreprend de faire simuler par le simulateur qui vient tout juste d'être créé le projet de création du simulateur lui-même ; et c'est ce qui, dans le Clôt de Turinge, fait probablement tout basculer.

Mais après tout, peut-être, dans son calme marmoréen, cette si belle jeune femme ne fait-elle que réfléchir, loin de toutes ces préoccupations, à la lettre d'amour qu'elle s'apprête à écrire à son fiancé, car elle sait bien que, au fond, cela seul a de l'importance, et cela seul compte...

TABLE DES MATIÈRES